JN293719

空襲被災者の一分

早乙女 勝元
Katsumoto SAOTOME

2008年11月13日、東京地裁前のパレード（タスキなしが著者）

撮影：高橋陽子

本の泉社

『空襲被災者の一分《いちぶん》』

早乙女 勝元

プロローグ
初めての法廷に立つ

大物扱いに面くらう

テレビドラマで、法廷場面を見ることはあっても、自分が法廷に立つなどとは、思いもよりませんでした。

もちろん、初めての経験です。

裁判ドラマの主役は、ほとんどが被告か弁護士で、法廷でのやりとりになるのですが、私は被害を受けた原告側の証人で、被告は国であり、政府ということになる。つまり国を訴える人たちの立場であって、国と対峙するのはリスクもあるし、いささか気が重いけれど、あえて証人を引き受けたという次第です。

二〇〇八年一一月一三日のその日、霞が関の東京地方裁判所の歩道は、秋日和の下、大勢の人たちで溢れんばかりでした。赤地に白抜き文字の「東京大空襲訴訟原告団」の幟を立てて、肩から襷掛けにしたグループは、誰もがやっと今日の日にこぎつけたといった感じの、高揚した面持ちでした。それと早くから並んで、傍聴席を得ようという熱心な人たちとで、いやがうえにも緊張せざるを得ません。

テレビ局の注文で、原告団は先頭に横断幕を掲げてパレードせよ、となりました。

「政府は戦争の後始末をきちんとせよ！　戦後補償は軍人・軍属だけでなく、民間人の空襲被災者にも補償せよ！」

という文字が、横断幕に大きく書かれています。

私は先頭グループに入れとのことで、原告でないのだから襷もなく、どうしたものか。面映ゆくてまごまごしているうち、襷掛けの男性から声をかけられました。

「とうとう、歴史的な瞬間を迎えましたね」

「ああ、そういうことになりますか」

「国側は一貫して、棄却せよの門前払いですものね。証人尋問は必要ないばかりか、あなたに関してはかえって有害だ、と」

「ええ、大物扱いに面くらいました。弁護士の皆さんが、よくぞ撤回させてくれたものだと思います」

「この一番は、きっと日本の裁判史上に残りますよ。気張っていきましょう」

「はい、なんとか……」

と口ごもりながら、髪の毛の薄くなった頭をかくばかり。歴史的瞬間などといわれると、ついつい怖気づくが、東京大空襲訴訟の証人尋問（証拠調べ）で、私はその一番手。東京大空襲の実相論を受け持ったのです。やれるだけのことをやるしかありません。

証人席に着くと

控室から一〇三号大法廷に入ると、傍聴席は一席も残さず埋めつくされていました。

午後一時〇分、正面扉から、黒い法衣姿の三人の裁判官が現われ、ひときわ高い席に着きました。

「起立、礼」

書記官の声に従って、右側被告席の代理人六人、左側の弁護士、原告ら約三〇人、そして傍聴席全員が立って一礼、着席。報道関係の写真撮影、そして宣誓。裁判官を前にして、証人席に着いたものの、ぴりりと張りつめた空気です。

私の証人尋問は、もっとも長くて一時間。裁判官はもちろんのこと、被告側も弁護士の皆さんも空襲体験はないわけですから、東京大空襲とはどんなものなのかの総論を、理と情をこめて、わかりやすく展開しなければ……と思う。そのあとに原告五人の尋問が、それぞれ三〇分ずつで、原告の体験を交えた尋問へと、うまく橋渡しできるかどうか。データーなど間違えてはならず、いい判決を引き出すための責任は重くて、それこそ冷汗ものです。

弁護団長の中山武敏先生との一問一答式で、スタート。

「陳述書の署名、押印は、証人がなされたものですね」

「はい」

はいが三回ほど続いて、いよいよ本論入りです。

死者一〇万人もの「炎の夜」

東京大空襲訴訟とは何か。かいつまんでの説明が必要のようです。

あの太平洋戦争の末期に、日本の諸都市は、米軍機Ｂ29による無差別爆撃の火の雨にさらされました。当時一二歳だった私は東京の下町にいて、空襲下を防空壕内で息をひそめているか、時には火中を逃げまどう日々でした。

その人的被害が空前の規模に達したのが、一九四五（昭和二〇）年三月一〇日未明の東京大空襲です。約三〇〇機ものB29による空爆で、人口密集地帯の下町地区は壊滅状態となり、罹災者は一〇〇万人余、死者はおよそ一〇万人を数えました。

この「炎の夜」を主にして、一〇〇回余もの空襲により、東京市街地はその六割を焼失しましたが、〇七年三月、都内の空襲被災者や遺族が、東京大空襲訴訟に立ち上がったのです。戦争をはじめた国の謝罪と損害賠償とを求めて、戦後初めての集団提訴です。

原告は一三二人。平均年齢七五歳なら、当時は子どもで、空襲で親や肉親を失った戦災孤児が多く、軍人・軍属と違って国からはなんの援助も補償もなく、放置されたままの残り時間も少なくなり、泣き寝入りをいさぎよしとしなかった皆さんの、目的は三つ。
①民間人の空襲被害者への謝罪及び賠償。
②空襲による死亡者の追跡調査。
③国立の追悼施設の建設など。
裁判はこれまでに六回の口頭弁論が行われましたが、被告国はかねてから「戦争

損害は国民が等しく受忍すべきだ」と、請求棄却を主張しているばかりか、意見書で、弁護団による証人申請の私の尋問は「不適当」で「有害である」と、決めつけてきたのは、先に書いた通り。弁護団によるきびしい批判で「有害」は撤回。国側のそんな失点もあってか、ようやく証拠調べのヤマ場を迎えたという次第です。

しかし、陳述書から尋問項目のまとめには、中山先生らとの打ち合わせが連日に及び、その大変なことといったら！

さらに、証人はメモなしで答えねばならないと知って、はるかな昔の入試ではないけれど、答弁を数字ごと記憶するのに、それこそ四苦八苦。法廷に立つのもラクじゃありません。

それから実に三八年

思い起こせば、私が東京空襲を記録する会結成を呼びかけたのは一九七〇年夏で、まだ三十代でした。

組織的な記録運動と並行して、岩波新書『東京大空襲』の一冊を、わりと短期間に書き上げてもさほど疲れを知らなかったのは、まだ人生の折り返し点だったからかもしれません。

人生を一日にたとえるなら、太陽は頭上に輝いていたのです。それから実に三八年。国の内外に及ぶ市民の戦禍継承に、こだわり続けてきたけれど、原告の皆さんと同じに私も、もはやゴールに近い年齢で、頭上にあったはずの太陽は西の彼方に落ちつつあります。言わねばならないことは、言っておかねばなりません。

国がはじめた戦争は、国が責任をとるべきなのです。

国が私の尋問を特にきらったのは、多少ともこれまでの仕事を認めてくれた（?）ことにほかならず、民間人の戦禍は表ざたにしてくれるな、戦争を準備する国へのブレーキになる、ということではないのか。

国との対決にのぞむ私はふと、山田洋次監督による映画「武士の一分」を、思い出しました。妻の名誉のために、あえて仇討ちを選んだ盲目の武士は、死を覚悟のうえだったからこそ、一瞬の隙をついて、強敵を倒したのです。

こちらは盲目ではないけれど、高齢の空襲被災者にも人間としての一分があることを、国に思い知らせて、歴史の片隅にとどめなければ、と思うのです。

私は一二歳、火中を逃げて

以下は法廷における私の発言の要旨ですが、まずは三月一〇日大空襲での、人的被害の確認です。国はその事実を認めていません。

「炎の夜」は何もかもが空前のパニック状態で、これまでの公的な統計は、警視庁と帝都防空本部など、死者は七~八万人台を推移していました。そして戦後このかた、国も東京都も救援を目的にした追跡調査を、何もしていないのです。

では、いかなる根拠で、私は死者「一〇万人」を算出したのか、です。

「両国駅近くに、東京都慰霊堂というのがあります。そこに今も合祀されている一般都民戦災殉難者は、軍関係を除いて一〇万五四〇〇体。これに対して、三月一〇日以外の空襲による死者数は、警視庁記録によりますと、合計しても一万人ちょっと。仮に一万人として差し引けば、残りは九万五四〇〇体になります。ほかに、無数の運河を通じて東京湾にまで流された死者、防空壕にいて地下深く眠る死者、身内に引き取られていった分まで含めますと、一夜にして約一〇万人が死んだことは否定できません」

「しかも、それらの犠牲者は、男たちを軍隊や徴用にとられた留守家族たちで、女性や子どもが主でして、小さい者や弱い者など、社会的な弱者に集中した被害なのです。少し前の昭和一八年、内務省が各家庭に配った『時局防空必携』には、一ページめにこう書いてあります。――私たちは御国を守る戦士です。命を投げ出して持ち場を守ります、と。国は国民を〝戦士〟に仕立てあげた。それも、大きな人的被害を生む理由になったもの、と考えます」

次いでＢ29による都市爆撃で、海の彼方にあったはずの戦場は国土に移行し、「銃後」と呼ばれた都市は戦場化して、民と軍との区別がなくなったことを、私は強調しました。軍関係者だけを特別扱いするのは、はなはだ不合理だからです。

「当時、私は向島区寺島町にいて、一二歳だったんですが、逃げる途中で、Ｂ29による焼夷弾の集中投下を受けました。一発でも空中で蓋が開いて、Ｍ69というナパーム性の小型焼夷弾三八発に変わります。その一発が左肩の先の電柱に斜めに突きささって火を噴き、もう一発は前を走っていく親子連れをかすめて、外套が火に包まれました」

「その人は、火を振り払おうとするのか、コマのように回転して、メラメラシューシューという異様な音と、ごうごうと唸る熱風。父親と手をつないでいた女の子を助けるなど、思いもよりません。生きるも死ぬも紙一重でした。私は、生き残らせてもらったような気がします」

民間人の命は雑草並みか

「三月一〇日正午、焼け残りの家のラジオは、大本営発表を告げました。公式の東京大空襲の記録ですが、もちろん新聞にも出ています。その中で私が気になるのは、次の一節です。――都内各所に火災を生じたるも、宮内省主馬寮は二時三五分、其の他は八時頃までに鎮火せり。一〇〇万人余の罹災者と約一〇万人もの都民の命は〝其の他〟でしかありませんでした」

「戦中の民間人は民草と呼ばれて、雑草並みでしかなかった、といえましょう。残念ながら〝其の他〟は戦後に引き継がれまして、今、高齢となった被災者や遺族の皆さんは、旧軍人軍属と違って国から何ら救われることなく、今日のこの日を迎えているのです。国民主権の憲法下にあるまじき不条理で、法のもとでの平等の実現を願っております」

さらに、まだ若い水田敦士先生からは、拙書『東京大空襲』と『東京が燃えた日』

（岩波書店）の執筆意途についての質問がありました。二冊の本で、証人はどんなメッセージを送ろうとしたのか、と。

「大勢の被災者から体験を聞きましたけど、それは大変つらいことでした。語るほうも涙ながらなら、聞くほうも。私にだけ初めて語ったという方もおりますので、聞いた側の責任は、決して小さくないと考えました。聞いた側の使命をはたしたいという思いが、強く心に残りました」

「過去は未来のためにあるんだと思います。ですから、過去の教訓をきちんと心に受けとめていくこと自体が、これからの平和の力と、どこかで結びあうのではないか、と」

水田先生からは、東京大空襲が奪ったものを挙げるとすれば、それはどのようなものかの質問が、最後です。

「まず命です。それから住居です。財産もありましょう。そして町並みを含む人びととの生活でしょうか。そればかりではなく、未来への希望も入ると思います。何もかも一夜で失われてしまいました。その傷が、今もひりひりと疼いているのです」

原告らの訴えは空襲当日の被害だけでなく、国から見捨てられたことにより、現在も癒されることのない苦しみなのです。人間の尊厳を回復したいと願っているのです。私はさらに続けました。

「その傷が癒されて、そしてこれからの世代が、憲法前文にありますように、――政府の行為によって再び戦争の惨禍が起こることのないようにすること、と書いてありますね。政府の行為によって、戦争・空襲の惨禍が二度とないように、そういう平和な明日を、子どもたちに、孫たちに手渡したいと思います」

ここで裁判長から発言がありました。被告席に向かって、

「反対尋問をどうぞ」

「ございません」

不合理と不条理を正す

被告国代理人から、どんな反論が出るのか、どのような質問であれ、東京大空襲に関しては受けて立つつもりでしたが、「ございません」の一語には、拍子抜けです。

だって、あなた方は一度ならず、私を「有害」としたのではないですか。それならばその理由と根拠を示すべきです。そのための裁判ではないのですか。

法廷でも紹介しましたが、ある母親は三人の幼な児と両親を空襲で亡くしたが、「乾パン一袋」以外は、何ももらっていないというのです。にもかかわらず、旧軍人遺族など恩給費は受給対象者死亡でかなり減ったものの、現在の不況がらみの国家予算（〇八年）でも約七八〇〇億円。中小企業対策費約一八〇〇億円と比べても、たいそうな予算です。なのに在日外国人を含む民間の空襲犠牲者や傷害者は、援護も補償もゼロ。国民が主人公の憲法下にあってはならない不合理であり不条理だと、原告の皆さんも私も訴えているのです。

その訴えの、どこがどう間違っているのか、反論なしで幕引きです。へたな質問はやぶへびとでも思ったのかどうかはわかりませんが、被告国代理人は反論したくなかったのか、できなかったのか、と受けとられても仕方ありません。

一寸の虫にも五分の魂のたとえがありますが、こちら一分くらいの魂でしかないけれど、半生をかけてこだわってきた一太刀に、手ごたえありでしょうか。

この勢いに乗って、押せ押せで進み、世論を巻きこんで、民主主義の「民」を取り戻し、被災者の人権が保証される結果を引き出せたら、と思います。

判決は〇九年の後半かときいていますが、戦争・空襲の惨禍をふたたび繰り返すまじの決意で、民間人の受けた戦禍を風化させることなく未来へ継承していきたい。

民立民営の「東京大空襲・戦災資料センター」（江東区北砂一ノ五）を盛り上げながら、大空襲訴訟を支援する輪を、さらに広げていけたら……と思います。

焦らずあわてず、あきらめることなく。

＊＊＊

さてさて、わが人生のひとつの節目たる東京大空襲訴訟の証人尋問を終えたところで、これまでの四年間の「あの日その時」を、私の日常生活から振り返ってみたい。

本書は一話が三枚ちょっとの、生活雑記ふうのエッセーです。

月に一話で、この四年間の思い、ということになりましょうか。

時あたかも憲法九条の危機に、平和にかかわる話題が多くなりましたが、あまり気張らずに肩の力を抜いて、読みやすくわかりやすく、書いてきたつもりです。

何かを感じていただければ幸せです。

『空襲被災者の一分《いちぶん》』――目次

第二章 …………………………………… 61

第三章 ……………………………………………… 99

第一章

私のコーヒータイム

二〇〇五年は戦後六〇年。歴史的な年のせいか、マスコミ関係者が次つぎとやってくる。ところがわが家は資料とゴミの山。足の踏み場もない。散歩がてら駅まで歩いて、近くの喫茶店エリカを応接間にしている。コーヒー一杯で運動不足も解消できるのは、願ったりかなったりだが、質問の内容は重い。

「イラクへの自衛隊派遣期間が延長されて、与党から憲法改正の話が出ています。どう考えますか?」

飲みかけていたコーヒーが、うっと喉につまりそう。

「ええと、自衛隊はその名の通り、わが国の防衛が主たる任務ですよね。自衛隊法にもそう明記されています。もっともわが国であって、わが国民じゃないが、他衛隊とか米衛隊ではないはず。今すぐにでも無事に戻って、と言うべきです。そうしないと、取り返しのつかぬ事態になるでしょう」

「といいますと?」

「イラクは全土が戦闘状態さながらです。だから占領支援国の半分近くが撤退または撤退を決めています。自衛隊を守ってくれるオランダ軍も、この春までですからね。小泉首相のいう〝殺し殺される〟緊急非常事態の発生もないとはいえません。そうなれば憲法九条を狙いうちにする改憲に拍車がかかる。それ行けどんどんの強行突破で、文字通りの危険な曲り角ですよ」

「六〇年は人間でいえば還暦です。憲法も古くなったので改正したらの声が、各紙の世論調査でも五割を越えました」

「そう。朝日新聞（04・5・1）によれば、改憲賛成が五三％です。しかし、第九条は変えないほうがいいは、六〇％です。ここのところをきちんと見なければ……。ま、さめないうちにコーヒーをどうぞ」

私は、持参した紙袋から、同日付けの新聞切りぬきをゴソゴソと取り出して、

「改憲に賛成した人に、それはなぜですかの問いでは、新しい権利や制度を盛りこむべきだからが二六％。つまり四人に一人ですね。別の設問で、知る権利やプライバシー権、環境権を盛りこむべきが四六％もいます。しかし、いくらそれらの権利が盛りこまれても、憲法九条に手をつけられたらどうなりますか。戦争をする国になるんですよ。扇でいえば要《かなめ》と同じ。要をいじくれば扇子は分解し、平和はバラバラになってしまう。元も子もなくなってしまうということ。改憲の動きに、私たち

が訴えねばならないのはそこだと思うな」

数字を出したついでに言えば、一九四五年、戦争最後の年の日本人の平均寿命は男23・9歳に女37・5歳だった。厚生労働省発表の〇三年度はどうか。男78・4歳に女85・3歳である。その差ざっと五〇年。今や世界最長寿国だが、これは世界でも希有の平和憲法・第九条のおかげ、ともいえるだろう。第九条のみならず、健康で文化的な生活を保障した第二五条もまた、医療や年金の分野で、どんどん崩され不健康で非文化的になりつつある。人間らしく生きる平和的生存権が、至るところで危機にひんしている現実がある。

沈黙は認めたことと同じだ。ことしはまずは読憲そして活憲で、主体的実力を身につけて、それぞれができる、ささやかな一歩を踏み出したいもの。どなたかが言った「鳩は鳩でも伝書鳩になれ」で、ある日のコーヒータイムを締めくくった。

キューバのいい話

毎年、海外取材に出かけるが、ことしはキューバ。『キューバに吹く風』が、やっと本になったところだ。

革命から四五年、アメリカの経済封鎖が、いよいよ強化された。食糧も日用品も配給制に切りかえ、物質的には豊かではないけれども、ああ、これが「カリブ海の赤い星」かと、感じ入ったことがある。

教育と医療の無料制度だ。医療は入院しない場合の薬代だけは本人負担だが、診察に検査、治療、手術も、すべて無料。何回でも無料。タダならもう一回手術してくれ、という人はいないだろうが、教育のほうはそうとはいえない。無料なら大学まで、と思う人が多くなるのではないだろうか。

革命前、キューバの全人口は約六五〇〇万人。このうち、まったくの文盲が一〇〇万人、文盲に近い者が一〇〇万人。学校に行けない子どもが六〇〇万人。小学生の三人に一人は読み書きができなかったという。

革命政府はただちに文盲一掃運動にとりくみ、約一〇万人からなる学生隊員が本とランプを手にして、遅れた山間部まで教育の光をともした。「知らないなら学べ、知っているなら教えよ」をスローガンにして、草の根分けてまで読み書き運動を展開したという。日本ではあまり知られていないが、いいお話である。

二七カ所の兵舎が学校になり、六つの兵営地が学園都市に生まれ変わった。革命から二年もしないうち「教育についての全面国営法」により、小学校から大学までの無償制度を確立。親はなくても子は育つで、どんなに山奥の僻地住まいでも、また白人、黒人、混血の分けへだてなく、本人が望めば国の全額負担で、大学まで行ける。その結果、キューバの成人識字率は九五・七％で、中南米の最高水準はむろんのこと、アメリカ合衆国をも抜いた。多少バラつきはあるが、小学校は二〇人、中学は一五人学級だ。とぼしい国家予算でも、人間尊重路線ならば、それだけのことはできるということ。経済大国なる日本は、大いに見習うべきだろう。

しかし、問題もなくはない。砂糖やタバコを主とする農業国で、毎年どっと増えるばかりの高学歴者の進路はどうなるのか。

社会関連サービス職でいえば、教員や医師になるのがほとんどで、国家公務員の月給はあまりに安く、チップなどで米ドルを入手しやすいホテルのボーイや、ウェイトレス以下にもなりかねない。一生けんめいに学んで、社会的な責任の重い者ほど、貧しくなるという奇妙な矛盾である。

これをどうすべきかは、キューバの今後の課題かと思えたが、「公正な社会」を目指して、何事があろうと、人生は明るく楽しくチャチャチャで、希望は捨てないよ、という活力がよかった。いささか遠いのが難点だが、もう一度行きたい国である。

安売りキップで沖縄へ

寒い時には南へ行くにかぎると、ホテル付き安売りキップで、妻と沖縄を旅してきた。那覇には六カ月の赤子を抱え、子育て中の娘がいる。孫の顔見たさもあるが、少しゆっくりしたいという気持ちが先にある。

ところが、さすがにわが娘である。彼・照屋真治の運転する車で案内されたのは、宜野湾市の沖縄国際大学だ。〇四年八月、普天間基地を飛び立った米海兵隊の、大型輸送ヘリが墜落した跡地である。

事故から半年近く過ぎた。機の残骸などは片付けられていたが、道路に面したフェンス越しに、真っ黒に焼け焦げた校舎と、崩れた外部階段、回転翼で削られた外壁を見ることができる。樹木はなぎ倒されて炎上したらしく、黒焦げの幹がぽつんと残されているだけ。思わず身震いが出るほどの、すさまじさだった。

「事故は、米軍がイラク派兵のために整備点検中に起きたんです。夏休み中で学生がいなかったからよかったものの、破片や部品はあちらこちらに落下しましたよ。ほら、道路の向い側、すぐ鼻先が住宅街でしょ。一歩間違えば大惨事です。それなのに米軍はわがもの顔に現場を封鎖して、沖縄県警の現場検証もさせないという、ひどい話でした」

と、シネマ沖縄社のカメラマンで、現場に真っ先に駆けつけた彼がいう。

「知ってはいたけど、なかなかピンとこなかった。新聞やテレビの扱いもちょっぴりだったし」

「それが問題です。沖縄では大事件ですよ」

「米軍基地が、住宅街のど真中にあるのがどうかしている。基地の存在が、どんなに危険かということの証拠だね」

「でも、沖縄中が米軍基地だらけですよ。同じ型のヘリは、原因究明もそっちのけで、すぐ訓練を再開しました。事故から三日もしないうちに」

「いつまた、落ちてくるかわからんってことか。真木《まき》の頭の上にも」

「おお、こわこわ……」

赤子を抱いた娘が、悲鳴じみた声を上げて首をすくめるのに、笑ってしまった。

真木というのは、赤ん坊の名前で、男の子である。出産にはカミさんが駆けつけて、私は行けなかった。その後、娘は赤子と一緒に里帰りしたが、久しぶりに見れば、すこやかな成長ぶりだった。小さな小さな両手の指も、時々にっと笑う口元もかわいい。いつまで見ていても、見あきることがない。

この孫たち、そしてこれから生まれてくるであろう子たちは、どういう社会を、どんな国のありようを望んでいるのだろうか。沖縄には、基地がなければ経済が成り立たないの声がある。私の周辺には、憲法は古くなったから変えようという人がいる。先行する既成事実にとらわれ、とにかく右へならへで、事なかれ主義の現実路線である。

しかし、選挙権のない生徒や子どもたちや、まだ物言えぬ赤ん坊と、さらに続く後世代の人たちの声にも、よく耳を澄まして、その未来を考えたらどうなるか。

忘れてならないのは、未来への声だ。

真底から米軍基地の永久存続と、戦争をする国とを望んでいる者はいないはず。

焼け焦げた沖縄国際大学の校舎　撮影・照屋真治

憲法前文の、「われらとわれらの子孫のために」の一行を、心に刻みたいと思う。

言問橋《こととといばし》の消せない記憶

この三月一〇日は、東京大空襲から、六〇年である。一夜にして、一〇万人もの生命が失われた「炎の夜」を生きのびた私は、一二歳。中一の生徒で、勤労動員により、鉄工場に狩り出されていた。

向島の家は奇跡的に無事だったが（次の空襲で焼けた）、学校は全焼、工場はスクラップとなり、いつまでかわからぬ自由時間になった。朝がきてどこにも行くところがないというのは、妙な感覚である。かといって、大通りで処理中の死体は見たくない。しばらく家に閉じこもっていたが、一週間ほどして、S君と一緒に、谷中の親類宅にすがっていった友人を訪ねる機会があった。

通りには、骨ばかりになった都電が、巨大な鳥籠のように並んでいて、すべて歩け歩けで行くほかはない。ビードロの山がうねっているガラス倉庫の横から、隅田公園へ出た。隅田川に浮遊する死体がなくて、ほっとしたが、墨堤一里《ぼくていいちり》と称された桜並木は、一面の人工花で万艦色《まんかんしょく》だった。

色とりどりの、おびただしい布片がまとわりついて、北風にはためいている。あの夜、避難民の身から、荷から、強風に引きはがされ吹き飛ばされて、枝という枝にからまったものだろう。その下を前かがみに足を早めて、言問橋へ。

橋の上は、白く乾いて、人気はまばらだった。対岸は浅草だが、すべてがぺしゃんこで、東武線の鉄橋に続く松屋デパートだけが、奇巌城《きがんじょう》のように屹立《きつりつ》して、まだ黒煙をふいていた。

　突風を避けながら、防空頭巾のひさしを下げていくと、S君がふと足元の小物を拾って、指先にかざした。私は目をこらした。先ほどから運動靴の下でプチプチと音を立てていたのは、よくよく見れば、足袋のこはぜだった。さらに、小銭入れの口金《くちがね》と、メガネのふちと。

　足袋のこはぜだけを、山と持ってきた人がいたのではない。足袋をはいていた人のそれだけが、死体処理後に残されたのだった。さらに目をこらせば、橋上には至るところ、茶褐色のしみが描かれている。

「こりゃ、人間の血と脂の跡だぞ」

　ぼそり、S君がいった。

「一体、どのくらい死んだんだろ」と私。

「そんなことわからん。誰も教えてくれないもんな」

「これから先、どうなるんだろ、おれたち」

「それもわからん。この分じゃ、そう長いこともねえよ」

「腹ペコで死ぬのかな」

「腹の虫が、きゅっと泣くぜ」

S君は、引きつったような顔で、くっくと笑った。

私たちは、もうすぐ七三歳。自分で自分の年に驚いている。いつのまにか、周囲は戦争を知らない世代が、ほとんどになった。

災害は忘れた頃にやってくる、というが、たぶん戦火も同じで、忘れ

1945年３月19日の言問橋（東京大空襲・戦災資料センター提供）

るから（知ろうとしないから）やってくるのではないのか。戦争をふせぐには、戦禍の実態を知らねばならず、私どもの戦災資料センターの存在意義が、ますます重さを増してきた。靖国神社の大好きな小泉さん、明日あたりにでもセンターへ参りませんか。

ヨン様ならぬサモラ様

軍隊のない国で知られる中米コスタリカから、二四歳の若者が来日した。ロベルト・サモラ君だ。憲法学者や市民グループの招きで沖縄を振り出しに、東京、広島、大阪、旭川などで、歓迎会が開かれた。

サモラ君は、コスタリカ大学法学部の学生で、弁護士を目指している。三年前、自国の大統領による米国のイラク戦争支持表明に、「憲法や国際法の精神に反する」と提訴し、最高裁憲法法廷の違憲判決を勝ち取った。昨年九月のことである。

判決は即時発効し、過去にさかのぼって適用される。これでコスタリカは、米国の戦争を支持した「有志連合」から消えた。好戦主義の米国大統領にとっては、足元からの手痛いキックの一発だったことだろう。

東京での集会には、ドキュメンタリー映画「軍隊をすてた国」を製作した娘が、パネリストとして、サモラ君と話し合った。私も参加したのだが、初対面の彼は、そう大柄ではないけれど、目鼻立ちのはっきりとしたさわやかな青年だった。直接に話がしたくて、帰国前の夕食懇親会にも出てみた。

サモラ君いわく。

「三年前のパチェコ大統領のあの表明は、米国からの経済的な圧力によるもの。その後、彼の支持率は三七％まで下がりました。だから、みんながおかしいと思っていたわけで、ぼくが特別なことをしたわけじゃない。コスタリカは自由と平和の国で、それは祖父母が私に残してくれたんだから、次の世代にも……とね」

「でも、最高裁に訴えるのは、大変なことではないですか。あなたの家庭は、特に意識が高いのでは？」

「父は製図関係の自営業、母は主婦。兄弟は三人で、ぼくがいちばん下。ごく平凡な家ですよ。裁判所には、だれでも簡単に訴えることができます。そう、子どもでも。小学生でも訴えてます。それが日本と違うところかな」

「あなたの国には軍隊がないですよね。でも、軍隊が必要と考える人に、無いことのよさを、どう説明しますか？」

「うーん。歴史に学べということかな。それでもまだわからないなら、戦争に行ってみたらいい。戦場を自分の目で確かめることですね」

「六〇年前の戦争中、東京では米国機による大空襲で、一〇万人もが亡くなりました。どう思いますか」

「那覇の会場で、ある女性から、その事実を教えられた。ショックでした。沖縄戦もそうだけど、民衆のものすごい犠牲だと思う。そうした悲劇を繰り返さぬためには、歴史に学び、一人ひとりが自分の頭で考えることじゃないのかな」

「日本では、憲法九条を変えようという動きが、大問題になっていますが……」

「皆さんは、非常に重要な闘いをしているんじゃないですか。第九条は日本だけでなく、世界の国々の平和を維持するためにある、と考えたいですね。でも、ぼくの行動が、日本でこんなに注目されるとは、びっくりです。違憲訴訟でぼくはすごく得したと思う。だって招待で日本に来れたんだから。旭川では、生まれて初めての雪も見られたし……」

と、うれしそう。

サモラ君のおかげで、映画からビデオになった「軍隊をすてた国」が新たに注目され、普及にはずみがついている。ヨン様ならぬサモラ様々、と言いたいところである。

ハノイの路地裏にて

久しぶりに、ベトナムを旅してきた。前回は一〇年前だったが、都市部は、見違えるばかりに変わっている。

ハノイ市内に、新しくお目見えしたものの一つに、餓死者追悼記念碑があった。一九四四年冬から翌年春先に、ベトナム北部で未曾有の大飢饉が発生、日本軍の占領下に、「二〇〇万人」が餓死したという。原因は単純ではない。日本軍に大量のコメを収奪された上に、天候不順による凶作が重なったことなどが、主たる要因だった。

一昔前に、私はその実態を調べて歩いたが、写真では残されている記念碑が、「今はない」とのこと。ずっと行方不明だった碑が、にわかに出現したのはどういうことなのか。とにかくガイド氏の案内で、せまい横丁を曲りくねっていった。体をハスカケにしなければ歩けないような路地の奥に、お寺の門のような入口があった。迎えてくれたのは、細身の女性で、チャン・ホン・ニュンさん、四八歳である。

石塀で囲まれた中に入ると、一段高いところに、それはあった。補修されたものらしく、きれいになっている。香炉の前に果物が添えられ、花が飾られている。といっても、何人かが立てば、肩が触れあうような空間でしかない。

「私たち一家が、ここに移ってきたのは、一七年前でした。二〇〇平方メートル（約六〇坪）ほどの土地で、庭に、雑草に埋もれたままの碑を見つけたのです。泥まみれでした。ええ、最初はなんの碑か、さっぱり。でも、事実を知って驚き、亡くなった方が、お気の毒で、お気の毒で……」

それから、ずっと碑の世話をし続けて、毎日、欠かさず線香をあげてきたという。

大飢饉が起きた四五年の夏、日本は敗れて、ベトナム民主共和国が誕生した。そのあとのベトナムは、再度踏みこんできたフランス軍と闘い、勝利したとたんに、アメリカとの激烈な戦争となる。侵略軍は敗退したものの、戦争による後遺症はあまりにも深刻だった。

それは今も続いているのだが、市場経済が導入されて、都市化の波が押しよせてきた。空地はみるみるうちに造成され、開発の渦に、たちまちにして記念碑も巻きこまれたのだろう。

ニュンさん一家は、ごく平凡な暮し向きだから、ベトナムの市民一般がそうであるように、経済的なゆとりはない。貧しいなかで、人知れず自費で、碑を守り続けてきたのだ。

そこで、ふと思い出したことがある。戦時中の私は、まだ子どもだったが、なによりも食糧難がつらかった。配給のコメは、一粒ずつが宝物のようだったが、長粒の外米が含まれていたのを覚えている。もちろんベトナムのコメもあった。私たちはそのコメを食べて生きのびたかわりに、ベトナムでは「二〇〇万人」が餓死したのだ。忘れてはならない痛恨事だろう。

ニュンさん一家が守りぬいてきた記念碑の横には、先頃、ハノイ市が建設したというミニ記念室もある。わずかだが、市から管理費も出るようになった。歴史の事実を後世に残そうという声が、ベトナムでも高まってきたのである。

「でも、こうして、皆さんをお迎えする日がくるなんて、夢みたいですわ」

そういって、ニュンさんは、目頭をぬぐった。

すべては一人から始まる

戦後六〇年の節目は、ベトナム解放三〇年でもある。そこで前回に続いて、旅の話をもう一つ。

ベトナムは、北から南まで弧を描いて細長い国だが、その中間地点に港町ダナンがある。一九六五年、米軍の本格的な北爆が開始されると同時に、米海兵隊が大挙して上陸したところだ。そこから一三〇キロほど南下すると、米軍による村民大虐殺事件で知られたソンミ記念館がある。

ソンミは漢字だと「山美」で、静かな森に囲まれ、海岸線のある美しいけれど、貧しい村だった。解放戦線に通じているとみなした米軍が、攻撃用ヘリ三〇台近くに同乗して、朝食中の村民たちに襲いかかったのは、六八年三月一六日。放火、略奪、暴行の限りをつくし、老人、女性、子どもなど五〇四人を殺害した。

入口の石碑、「アメリカの侵略による痛恨を、いつまでも深く心に刻む」の文字は、一昔前にきた時と同じだったが、広場の中央に位置していた嘆きと怒りの群像慰霊碑が、ずっと小さく見える。それもそのはず、広場は野外の展示場となり、右手には巨大な博物館が建設中だ。

まもなく役目を終える記念館は、当時のまま平屋建てのつつましいものだが、アメリカの良心ともいうべき米兵の顔写真が、新たに展示されていた。その一人は、ハーバード・カーター。彼は村民のかわりに、自分の足を射って負傷した。もう一人は、ロナルド・ライデンアワー、事件の告発者である。

彼は、ヘリ射撃手で、事件後にソンミ村の上空を飛び、殺伐とした村の異常に気づいて、独自の調査活動を始める。除隊後アリゾナ州のアイスクリーム会社に働きながら、大学への学費を貯めていた二二歳の若者は、真相を知るに及んで悩み抜いた。高校時代の恩師がよき相談相手となり、公式調査を依頼する手紙三〇通を、政府要人に発送した。コピー代がやっとで、大事な文書を書留にする金もなかった。

しかし、事はスンナリ運んだわけではない。ぎくしゃくした道をたどって、これを世界的な事件にしたのは、大マスコミでなく、二三歳の青年が経営する小さなニュース通信社だった。ソンミ村の大虐殺が、全世界の注目と抗議と糾弾をあびたのは、事件から一年半も過ぎてから。これでアメリカの道義は完全に失墜したのである。

「もしも、彼がその気にならなかったとしたら、どうなっていただろう……」

告発者の精悍な写真を前にして、私は現地通訳氏にたずねた。

「さあ、それはわかりませんが、闇に閉ざされかねなかった、と思います。というのは、この地域には、同様の事件が無数にありました」

「ああ、そういえば、私の知り合いの戦争孤児のダーちゃんのいた村も、そう。六〇人からの村人が殺されたけれど、どこにも何も報じられなかった」

「なんという村ですか」

「ハンティン村とききました。ソンミ事件から一年ほど後のことで、もうちょっと南へ下った地点です」

「私も初耳です。ベトナム人でも知らないとすると、ほとんどは、泣き寝入りのまんまなんですよ」

「そこには、ライデンアワーがいなかったということか……」

私はつぶやく。何事にも最初の一人が大事。その勇気ある一人になれるかどうかと、思わず胸に問いかけたひとときだった。

備えあれば憂いあり

憲法九条を巡って、「改憲」の動きが急を告げているせいか、憲法講演のお呼び出しがひっきりなしで、あたふたしている。

先頃は、福島県九条の会の発足記念講演会に招かれたが、県文化センターに、会場いっぱいの一九〇〇人が集まった。大盛況だった。私も大作家になった気分で、なんとか無事に終了したが、もちろん質問や感想の時間はない。その点、小・中集会では、参加者とのやりとりから、話しあいができるのがいい。次は、ある日ある会場での一問一答から。

「おっしゃることは、理想としてはわかりますが、しかし、戦争放棄と戦力不保持の第九条は、国家の非暴力宣言と同じです。もし、どこかの国が攻めてきたら……」

と切り出したのは、高齢者の多い席の隅に、ぽつんと座っていた青年だった。

「どこかの国って、どこの国ですか」

「たぶん、北のほうのです。やはり、ほどほどの備えが必要という人が、多数派だと思いますけれど」

「武力には、ほどほどの区切りはありません。たとえば相手がピストルなら、こちらは小銃のほうがいい。相手が小銃ならば機関銃、機関銃ならばバズーカ砲で、最後は核兵器にたどりつく。世界中の国々が、みんなそうしていたらどうなりますか。軍事力を拡大すればするほど紛争は拡散し、戦争の危険が迫ってくるばかりか、兵器は何も富を生産しないから、世界はどんどん貧しくなります」

「武力では、何事も解決できないということですか」

「世界はね、力ずくから対話と知力の時代に入ったと思う。備えがあるから憂いが生じるんで、備えなしが最強の備えですよ。それが憲法九条です。備えがなければの鍵かけ論ですが、その前に、鍵をかけるべき家の中に、目を向ける必要がありますね。床の間に一人、招かれざる客がデンと居座っていますよね。戦後このかた六〇年も、凶器をちらつかせて」

「……」

「いま、この国に一四〇カ所もの基地をかまえ、陸海空に移動艦隊と五万人もの最強部隊を常駐させているのは、どこの国か。つい先頃も、かれらの大型ヘリが、沖縄の大学に墜落、炎上しましたよね」

「日本は、とっくに攻めこまれている、ということですか」

「と考えるべきじゃないですか。しかも、客の持ち物が核かどうかは、一家の主《あるじ》といえども調べる権限がない。アジア諸国にとっては、過去の歴史認識も含めて、こんな物騒で危険な国はない。加えて、海外にまで出動した自衛隊が世界有数の軍事力なのは、あなたもご存知でしょう」

「でも、現代は核の時代です。寄らば大樹の陰じゃないけれど、やはりアメリカの核の傘の下のほうが、安全度が高いのでは……」

「アメリカは、そんな安全な国ですか。戦後このかた戦争のしっぱなしですよ。朝鮮で、ベトナムで、アフガンで、イラクで。それも国際法無視の一方的な先制攻撃で、いま世界の信用を失って、どんどん孤立しているところ。日本が、その好戦国にしがみついて平和憲法まで手放したら、それこそ危険この上もないと思う。戸締りの前に、物騒な方にはお帰り願わないと」

などとやりとりをしているうちに、時間がきてしまった。参加者がうなずいて聞いていてくれたのが、救いだった。

ぼくはサッカなんですよ

「あら、この人、小説も書くんだわ。ほら、これもそれも、小説よ」

「ほんとだ。おカタイ本ばかりかと思ってたけど、ロマン派なんだわね。それにしてもずいぶん書いたものね……」

場所は新潟のある町の図書館。〝著者を囲む集い〟とあって、ロビーの平台に拙著が、ずらっと並べられている。その前に立った若い女性たちの会話を耳にして、苦笑せざるを得なかった。

「ぼくはサッカなんですよ。サッカー選手じゃありませんよ。小説書きなんですよ」

とでも、いいたくなった。

しかし、客観的には平和活動家か、戦争による民衆の戦禍を語りつぐ記録者、とでも思われているらしい。この春、戦後六〇年の東京大空襲の報道ラッシュでは、その実態をアピールする意味から、テレビ、新聞、ラジオと受けて立ち、ふらふらになった。その後は雑誌やら憲法講演が続いて、今もあたふたしている。戦争や平和問題のプロのように思われても仕方ないのだが、ほんとうは「ロマン派」の、創作者のはしくれである。

スタートは、二〇歳で本になった自分史だったが、以後は青春小説にあけくれた。それが次つぎと映画化されて、東宝、松竹、東映でさわやかな作品となり、今をときめく山田洋次監督とも知りあった。

山田さんはまだ監督になる前だったが、私の小説を企画化し、シナリオを書き、助監督としてついてくれた。当時、私は葛飾のはずれに住んでいて、どぶ川を越えれば柴又帝釈天だった。わが家にやってきた山田さんを、最初に帝釈天に案内したのも私である。愛と恋のテーマは、いよいよはずみがつくかと思えたが、一九七〇年、東京空襲を記録する会を立ち上げてから、ノンフィクションへと転じた。

記録と小説との間を行きつ戻りつしながら、自伝的な大河小説『わが街角』を書き始めたのが四〇歳。私の分身めいた早瀬勝平（名前も似ている）少年の、東京下町における幼少期から、八・一五までの戦中生活を描いた。昭和史の戦争を庶民の目でとらえ、底辺の一点みたいな小さな魂が、今からでは想像もつかぬ時代を、どのように人間らしく生きたか、生き抜いたかを、新潮社で全五冊にまとめた。

次いで、早瀬勝平の戦後篇が二冊。戦争後遺症のブラックホールにもがく青春をテーマに、『炎のあとに、君よ』（新潮社）。さらに東京大空襲を追体験する現代っ子の女子高校生を主人公にして、「はげ上がったひろい額が特徴の……どこか青年っぽい感じ」の作家、早瀬勝平を脇役にしたのが、『戦争と青春』（講談社）である。これは、工藤夕貴主演、今井正監督で映画化されている。原作・脚本の私は、日本アカデミー賞特別賞になった。

戦後六〇年という歴史的な夏を迎えて、以上の七冊を、「小説・東京大空襲」として、草の根出版会が三巻本にまとめてくれた。収録した原稿枚数は約四〇〇〇枚、各巻七〇〇ページもの大冊で、どなたが読んでくださるのか、戦争を知らない子どもや孫に、プレゼントしていただけたらと思う。過去の戦争の実態を、民衆の視点から知る・学ぶことが、〝いつか来た道〟を回避できる感性や知性にもつながるだろう。

もっと本格的にロマンを追求したいところだが、はたしていつのことやら。日暮れて道さらに遠しである。

吉永小百合さんのこと

長のきらいな私が、柄にもなく館長役をおおせつかっているのが、東京大空襲・戦災資料センターである。

センターは、さる罹災者から提供された江東区内の用地に、民間募金だけで建設された。約四〇〇〇人から、目標の一億円が集まって、〃家庭的〃な三階建てがお目見えした時の感動を、昨日のことのように思い出す。

それから三年。「石の上にも……」という感じだが、参観者はすでに三万人を超えた。東北や関西からの修学旅行の生徒たちも、グループ訪問まで入れて、年に一〇〇校を数えるようになった。センターの存在と意義が、全国的に知られるようになったからだろう。また、平和の危機感が加速してきたからともいえる。

このほど、そのセンターを増築しようということになった。せいぜい五〇人どまりの会議室や展示場を、倍ほどにできないかの声によるものだが、しかし、厳しい経済状況下である。増築募金をお願いするのはどんなものか、と何度かの討論を重ねて、やはり今しかないの結論に至った。

募金の呼びかけ人には、次の人が名前をつらねてくれた。井上ひさし（作家）、永六輔（ラジオタレント）、渡辺えり子（女優）、小山内美江子（脚本家）、辻井喬（詩人・作家）、山田洋次（映画監督）氏など、いずれも私とは顔なじみの方たちで、うれしいことだ。賛同の立場から、心のこもったメッセージを寄せてくださったのは、女優の吉永小百合さんである。

「多くの人々が傷つき犠牲となった東京大空襲から六〇年。二度と戦争への道を進まないために私達は、今何をなすべきかを考え、行動しましょう。戦争で、尊い命を奪われた人々の無念の思いを、後の世に伝えていくためにも、戦災資料センターの増築が、一日も早く行われるよう願っています」

そして、はやばやと多額の募金もしてくれた。事務局一同、どんなに励まされたことか。

私は吉永さんの大ファンで、昔からサユリストの一人である。そして、一度だけ直接にお会いしたことがある。偶然にではなく、こちらから押しかけていったわけでもない。会いたいという彼女の意向で、お目にかかったのである。

用件は、私の小説『小麦色の仲間たち』を映画化したいということだった。彼女は一九歳。「キューポラのある街」に続く映画にしたいと身を乗り出す表情は、ういういしくきらめいていて、最高に魅力的だった。対する私は三十代に入ったばかり。もしかしてもしかすると…と、わが胸は大いにときめいたものだが、ひそかなる夢と期待は、みごとにはずれた。映画は日活だったが、シナリオだけであっさりボツ。捕り逃がした魚は大きいという。がっくりときて、しばらくは腑抜けのようになったものだ。

ちなみに、吉永さんの『こころの日記』(講談社)の一九六五年一月四日のくだりに、「早乙女さんに会う。実直ないい方。『小麦色……』何とか実現できないだろうか。明日は、明日はきっと……」と書かれてある。ああ、こうしてみると、まんざらでもなかったのに。

お会いした時に並んで写した一枚は、わが家のお宝である。センターの増築が完成した暁には、どこかに飾りたいもの。こんな話、募金入りしたばかりだというのに、いい気なものよ、と笑われそうである。うーん仕方ない。もう少し館長役を続けるとするか。

秋は大学の公開講座へ

うちのカミさんが、一泊二日の旅から帰ってきた。中学時代のクラス会だという。

「来年は二泊三日にしようって。それも私に幹事をやれっていうのよ。秋の四国旅行の手配中だというのに」

「秋の旅行って何だっけ?」

「大学のクラス会よ」

「あれ、この前行ったのは?」

「あれは、元の職場のOB会よ」

「ずいぶんいろいろあるね。まあ、体が動けるうちにだが、羨ましいよ。ぼくなんか、その種の会は何もない。昔、小学校時代のクラス有志会ってのが、一度あっただけだ」

「フーテンの寅さんみたいなものね」

カミさんは笑ったが、私はちょっと寂しい気もしないではなかった。大学出で教職にあったカミさんに対して、私は高校も出ていないし、これぞという職歴もない。

旧制中学夜間部中退の学歴で、町工場の少年工を振り出しに、転々と職を変えた。二十代なかばで失業した時に、運転手にでもなるかと免許を取ったが、一度も車を動かしたことはなく、学歴不要の作家にでもなるより仕方なかった。

そんな私が、千葉大学の非常勤講師になったのは、一昔前である。行きたくとも行けなかった大学だし、憧れもあったから引き受けたが、学生たちのおとなし過ぎるのが気になった。あれやこれやと迫ってくる者はいなかった。それでも心の片隅にでも残してもらえるかと、冷汗ものの授業をどうにかこなした。

以来、大学との縁が切れずに、数年前は明治大学のゲスト講師で、この秋は日本大学の秋期公開講座を受け持つことになった。

公開講座は、学生も参加できるが、主として一般向けである。語学やパソコン、資格やビジネスに関係する内容が多い。今回は「戦後60年を考える～戦争の悲惨さを忘れないために」の五回講座だ。大学がそうしたテーマに取り組むことに意義を感じて、ＯＫした。

その内容は、①10月31日、日大教授青木一能先生の概論から始まって、②11月7日「ひろしまの夏」被爆者の神戸美和子さん、③11月14日「ひめゆり学徒の沖縄戦体験」上江田千代さん、④11月21日「東京が燃えた日のこと」で私、⑤11月28日

「あの日あの夜の追体験」で、江東区北砂の「東京大空襲・戦災資料センター見学」、私の案内で締めくくる。

いずれも午後一時から九〇分で、場所は⑤を除いて、JR水道橋から五分、日大の総合生涯学習センターだ。

定員は五〇人。そのくらいならと思われそうだが、戦争や平和のテーマで、成功させるのは容易ではない。有意義な集いほど人集めは困難で、この種の講座がすぐに満員になるくらいなら、苦労はいらない。同じことは出版でも、映画・演劇でもいえるのではないか。

「公開講座の講師は、特に資格はいらないのかしら」

と、カミさんが聞く。

「ああ、大学の場合は学歴は不要らしいね。千葉大の時は、履歴書用紙が送られてきたが、空らんで出した。それで通ったよ」

「作家で、なんとか大学卒とか、ひけらかしている人はいないわね」

「当然だよ。しかし政治家にはいるね。ほら、学歴詐称で、議員をやめたのがいた」

カミさん笑っていわく。「あなたには、その必要も心配もないってわけね。気楽なものじゃないの。おまけに、低学歴が話のタネにもなるんだし……」

私が読み違えていた一節

衆議院に憲法調査特別委員会が設置されて、動き出した。憲法改定の、国民投票法案を審議する委員会のことである。選挙で予想外の議席を得た政府与党は、ソレユケドンドンで、民主党をも抱きこみ、改憲のピッチを加速しはじめた。憲法の平和主義を守りきれるか、それとも憲法を変えて、いつでもどこへでも戦争できる国になるのかの、正念場を迎えたといえよう。

私が憲法について、最初に大筋を知ったのは、戦後一年目の新憲法公布時で、教師をしていた兄の言葉からである。

九歳も年上の兄は、戦中からの軍国主義教師で、大勢の教え子を志願兵に送りこみ、続いて自分も海軍に召集されていった。戦後、腑抜けのように復員してくると、焦土に教え子たちの消息を求める日々ばかり。彼はこれからの世界と日本はどうなるのかと、公表された憲法条文を、かなり真剣に読んだかと思う。

「今度の憲法の、カナメに当たるのは第九条だ。そこには、大事なことが二つある。一つは、もう絶対に戦争はしないで、二つめが軍備は持たない、ということだ」

「ふーん、それでどうなるの？」

一四歳の私はきいた。

「これからの日本は、世界に先がけて、平和を訴える国になったんだよ」

「どうやって、訴えるの？」

「言葉だろう。つまり対話による外交だ。それから協調と、人間同士の相互理解だ。おたがいに、生き残ってめっけものだったなァ」

死を覚悟して、日の丸の小旗に送られていった兄の思いは、一〇万人もの都民が死んだ東京大空襲を生きのびた私の気持と、通じるものがあった。

それからの私は、町工場で働きながら、本を読みはじめた。あの戦争はなぜ起きたのか、大人たちは、どうして戦争をくいとめられなかったのか。そんな疑問の末に、今度は憲法そのものに関心を持ったのだが、大事なところを読み違えていたと気づいたのは、かなり後になってからである。それは、憲法前文の次の一節だ。

「……政府の行為によって、再び戦争の惨禍が起ることのないようにすることを決意し、ここに主権が国民に存することを宣言し、この憲法を確定する」

私や兄が命拾いした戦争は、「政府の行為」によるものだったのだ。そして、これから同じ政府の行為による「戦争の惨禍が起ることのないようにする」のは、誰か？　うかつにも私は、国会議員の皆さんだとばかり思いこんでいたが、それは「主権者」たる国民＝私たちなんだ、ということ。国の主人公たる私たちには、「政府の行為」にブレーキを、時にはストップをかける義務と権利と使命あり、と気づいた時の衝撃は、かなりのものだった。

それから半世紀余。今や国会内では、改憲派が圧倒的多数となった。与党のなかには、「選挙でこれだけ勝ったのだから、戦力不保持を定めた第九条を全面的に変えて、自衛軍か国防軍の保持を……」という声さえ出ている。

しかし、第九条が戦後の平和に役立ってきたの声が、国民の80％で、その第九条は変えるべきではないは62％（毎日新聞05・10・5）を占める。この声を、圧倒的な世論にすべきが、この一年の勝負どころだろう。なんとまあ、働きがいのある時代になったものよと、そう思うことにしたい。

寅さんの隣町で不発弾見つかる

戦後六〇年も残りすくなくなったというのに、今頃、戦争中に投下された不発弾が発見された。

場所は葛飾区高砂二丁目の、住宅の庭先で、地中四、五メートルに埋まっているのは、長さ一メートル余の二五〇キロ爆弾と確認された。撤去作業は月末で、現場から半径三〇〇メートルの住民は、一時的に避難するという。

「民家で不発弾発見」なる記事（05・11・2東京新聞）に、私が注目したのは、かつて青春期に長いこと住んでいた地ということもあるが、そこは寅さんの柴又の隣町で、東京大空襲の被災地からは、かなりはずれた地点だということ。

戦中戦後は人家もまばらなところに、二五〇キロ爆弾とは、B29もずいぶんご苦労なことをしたものである。同じ丁目に、小学校時代の旧友が住んでいるのを思い出して、電話をしてみた。

「ほんのすぐそばだ。六〇年も爆弾の上に暮していたとは、恐れ入ったよ。知らなかったのがよかったんで、あるとわかってから酒がまずくなった」

「庭先に埋まっていると、どうしてわかったんだろう」と私。

「そこの主人の記憶によれば、庭先に防空壕があって、すぐ近くに爆弾が落ちて、大きな穴があいたということだ。でも爆発しなかったんで、そのまま埋まっているはずだと、区役所に調査を依頼した。それで危機管理担当課が動き出して、磁気探査になったのだそうだ」

「ほう、区役所には、そういう課があるのか。実はぼくの住む足立区でも、数年前に、不発弾が見つかって処理されたよ。やはり二五〇キロ級だった……」

そこは、戦時中に軍事用の皮革工場があったところ。警察、消防、自衛隊などによる厳重な警戒のもと、住民何千人かが避難して、区域内は立ち入り禁止になった。遠隔装置で信管を抜き取るまで、処理作業は半日近く。この間、近くを走る京成電車は運休となり、バスによる振り替え輸送になったのを思い出した。

「ひょっとして、まだあちらこちらに埋まっているのかもしれない。うちの床下あたりは、大丈夫かなあ。その昔、農地だったところが、住宅地に一変したわけだからな」

「危うし危うし。住民たちは代替りして、当時を知る者も少なくなってしまった。発見されないだけの話で、もし床下だったら、何かの拍子にドカンと吹っ飛ばされるぞ」

「宇宙飛行士みたいに、空中遊泳かな」

ハッハハハ……と彼は笑って、

「そうはいかん。手足がバラバラになるだろうからな」

「おいおい、冗談じゃないよ」

「国が始めた戦争はとっくに終わったけれど、その置きみやげは、まだ至るところにありってわけだ。何もケジメはついちゃいない。もっとも、おたがいに七〇代になると、あちこちガタがきてしまって、おまけに来年から医療費がぐんと上がる。消費税も二ケタになるらしいし、金がないのが命の切れ目だ。ひと思いに、ドカンコロリも悪くないぞ」

「ピンピンコロリじゃなくて、ドカンコロリか。首相は自民党をぶっこわすといったが、憲法で保障された平和的生存権もガタガタに揺らいできたな。政府の危機管理対策に、どうしてくれるといわんことには……」

旧友との久しぶりの電話は、笑い声で終わった。

B29のまいた宣伝ビラの一種

第二章

コスタリカは縁結びの神かも

沖縄での結婚式に、カミさんと招かれた。

新婦は仲村清子《すがこ》さん、新郎は松本学君、私はたった一人の来賓挨拶で、仲人がわりといったらよいか。式場は那覇から車で二〇分ばかりの宣野湾市だ。三〇〇人近い大盛況で、夜六時からなんと一〇時まで。沖縄ならではの古典音楽から、あやかり節に余興と盛りだくさんで、最後は全員のカチャーシーで、大変な盛り上がりだった。

私は冒頭に指名されて、マイクを前にしたが、早乙女モンドノスケならいざ知らず、どこの馬の骨かわからない。

自己紹介をかねたいきさつを、先にちょっぴり。

「昨日のうちに、東京から飛んできましたが、早速に沖縄タイムスの取材が待ち受けていました。なんでこちらへと聞かれて、仲村清子さんの結婚式なんですよ。たぶん私は、縁結びの神になるんじゃないかな、と……」

沖縄で、仲村清子の名を知らない人はいない。全国的にも、その名を記憶している人は少なくないのではないか。一〇年ほど前になるが、米兵三人による少女暴行事件に端を発して、島ぐるみといっていいほどの、怒りの県民総決起大会が開かれた。九万人もの大群衆に向けて、「軍隊のない、悲劇のない平和な島を返してください」と訴えたのが、当時、普天間高校三年生の清子さんだったのだ。

潮風に前髪が散る彼女の横顔は、テレビで全国に報道されたが、若い人の清純なひたむきさを感じさせるに充分だった。

感激した私は、その後、コスタリカを題材にしたドキュメンタリー映画「軍隊をすてた国」を企画した時に、彼女の出演を依頼した。プロデュース役が、二十代の娘・愛で、スタッフの一人が、新郎の松本君だったというわけである。

「コスタリカといっても、ご存知の方ばかりではないと思いますが、軍隊は持ちませんと憲法に明文化して、半世紀余も経過した国は、世界にたった二つだけ。なのに日本は、その第九条を手放そうという危険な時にきて、清子さん出演によるコスタリカの映像は、口コミで広がり活用されています。軍隊なしでも、平和はちゃんと維持できるのです」

「私は思うのですが、人は青春期に掲げた初心から、そう離れることのない人生を送るのではないでしょうか。もちろん、長い人生は決してストレートな道ではなく、ジグザグの紆余曲折もあると思うけれど、お二人が、その志を忘れることなく歩いていきますように、心から期待しています」

お色直しのあと、映画の一部が、会場のスクリーンに映し出された。

解説は、一緒に参加した娘である。まだ一歳ちょっとの赤子をつれてだったが、孫の真木はカミさんに抱かれて、思いのほかおとなしかった。映画のなかで踊る清子さんは、長い黒髪をなびかせて、さすが琉球舞踊の新人賞をとっただけの美しさがあった。

しかし、この映画で結ばれたのは、実をいえば娘もそうで、彼は沖縄のムービーカメラマンだ。製作費で私財はなくなるわ、娘は消えるわで、当初はがっかりしたものだが、今はよかったのだと思っている。企画者がいなければ、彼らの出会いもなかったわけで、私は縁結び大賞でもいただけるのではないか。清子さん出演と、二十代のスタッフで撮った映画は、平和を願う青春篇ともいえそうである。

一通の手紙一本の電話でも

先頃、NHKラジオ深夜便に出た。

午後一一時半頃からの「ないとエッセー」四夜連続で、事前に四本を同時収録する。一本の時間は一〇分ほどで、私に与えられたテーマは「伝えたい平和の思い」だ。

テレビとは比べようもないラジオだが、車の中や理髪店でよく聞く。私の少年時代には、お茶の間への情報や娯楽は、もっぱらラジオだった。連続放送劇の「鞍馬天狗」の時間には、胸を踊らせたものである。杉作少年の危機に、馬を走らせてくる天狗の声は忘れもしない。「杉作、日本の夜明けは近いぞ」は名優滝沢修だった。

そんなわけで、私はわりとラジオに親近感があるのだが、NHKの深夜便は人気急上昇だそうだ。就寝時に、眠れぬまま聞く人が多いらしく、高齢者が大半かもしれない。コマーシャルがないのも利点だろう。

さて、何をどう話したものか。事前に構成を考えて、四枚のメモを作った。〝書けば覚える〟が私の習性だが、それでもメモを手に言葉を反復しながら、東京・渋谷の放送センターへ。担当ディレクター氏から、スタジオへ案内される。テレビと違って簡素なもの。録音室のデスクの上には、マイクだけがある。

「八分ちょっとを目安にして、ご自由に語ってください。三〇秒くらいの過不足は、編集段階で、どうにでもなりますから」と担当氏。

「あの、聞いてくれるわけではないんですね」

「ええ、これは語りの番組ですから。私は隣室から、スタートの合図をするだけです」

思わず、ぎょっとなる。アナウンサーなしとは、チトきびしいゾ。

「ほかの皆さんは、どうやってますか」

「メモを見ての人が多いですね。まったく手ぶらでやる人もいれば、全部原稿にしてきて、読む人もいます。でも、朗読では、その人の持ち味が出ませんからね」

「原稿を書くのは大変ですから、私もメモだけ用意してきました」

「ごく普通に、話してもらえればいいんですよ」

「はァ……」

「では、よろしいですか」

担当氏はあっさりしたもので、隣室に消えて、窓ガラス越しに、たちまちゴーサイン。あわてて話し出したが、しどろもどろで、七分でタネ切れのアウト。もう一度やり直してもらったが、話の内容と時間の配分が少し飲みこめたせいか、後の三本は本番だけでＯＫになった。短時間だったが、ほっと一息、身も細る思いだった。

放送の反響はさすがで、全国各地から、さまざまな声をいただいた。民立民営の、戦災資料センターのＰＲもしたので、事務局に問い合わせの電話も、いくつか。

ありがたいことである。

しかし、今回の放送は、実はうちのカミさんの投書がきっかけだった。深夜便のファンである彼女は、わりと筆マメに、感想を局に送っている。ある日のこと、うちのダンナもぜひと書いた一行が、「どんな話をしてくれますか」の問い合わせ電話になった。早速、メモをＦＡＸで送信、たちまち企画通過の連絡には、カミさんも私もびっくり仰天だった。

激励でも批判、提案でも、一通の手紙、一本の電話を、マスコミに送ることが、どんなに大事かと思う。平和の風は、黙っていたのでは吹いてこない。

舞いこんだ二枚の賞状

このところ、立て続けに、二枚の賞状をもらった。

一枚はコスタリカ政府からで、そのために六本木の大使館まで出かけていった。スペイン語で、「貴殿のコスタリカ共和国知名度向上に貢献」したことを感謝する、とある。私が企画し、娘が制作した「軍隊をすてた国」が、ビデオ化され話題になったので、それが評価されたのだろう。

いつも処置に困るのが賞状だが、それでもやはりうれしかった。記念品は、サッカーで活躍する同国選手のユニホーム。お宝拝見にでも出せるかどうか。

もう一枚はＮＨＫからで、これは私が館長役の戦災資料センターへ、である。地域放送文化賞という。大空襲についての資料収集と、ＮＨＫ番組への協力によるもの。賞金と記念品がつく。ありがたいことだが、そのために三日もかかったのには参った。うーん、ラクじゃないヨ。

第一日目は、センターに子どもたちが来て、見学している場面のＴＶ収録で、館長挨拶がなくてはならない。続く展示室の案内で、声がかれてしまった。

二日目は授賞式で、ＮＨＫ内でおこなわれ、橋本元一会長ほか、お偉方が左右にずらりと並ぶ。受賞者は首都圏の一都六県からで、団体は東京と埼玉県の二つだけ。こういう席上に、ノーネクタイは失礼かと思ったが、肩がこるので、普段着で参列した。

レセプションでは、一、二分のスピーチをで、まず東京からとなった。

「ほんとうは小説書きなんですが、記録に追われています。私どもの戦災資料センターは、一〇万人もが犠牲になった東京大空襲の語りつぎを、目的としています。政府も東京都も知らん顔なもので、四年前に民間募金で作られました。いい意味でもそうでない意味でも、〝家庭的〟といわれています。ところが、ＮＨＫ放送のおかげか、最近は修学旅行の生徒たちがどっと来るようになり、手ぜまなのが難点になりました。そこで、目下増築募金中なのですが、ちょっと苦戦しています。今回の受賞で弾みがつくのではないか。よしイケる、といわせてほしいものです」

二分内で終えたはずだが、私に続く人たちは、ほとんど四、五分はしゃべっていた。一番手は損するなと思ったが、まあ、それでもセンターのことを、幹部の皆さんに印象づけられたのだから、よしとしなければなるまい。

三日目は、ＴＶ放送で、二月一四日の午前一一時半頃の約八分間、首都圏の番組だった。ナマ放送である。受賞者をスタジオで紹介するのは私だけ、と聞いて驚いた。私とセンターを特に優遇してくれたのである。それだけ社会的意義を認めてくれたのかと、恐縮した。

しかし、限られた時間で、多くのことは語れない。ディレクター氏いわく。「結論が時間切れになる方が多いです。言いたいことは先に」と。でも、センターの増築募金を、のっけからやるわけにはいかない。ラストぎりぎりのところで、どうにか一言が入った。反響はさすがというべきで、事務局では、電話がひっきりなしだったという。増築の工事はこの七月から。イケるかどうか、まだ冷汗ものである。

放送文化賞の賞金は立派なのし袋だった。いくら入っていたかは、ご想像にまかせるとしたい。

思い出すおむすび一つ

子どもたちが巣立ってしまって、老夫婦だけが家に残されると、食べ物も少々だ。作り過ぎた場合は、残り物を気にしていなければならない。カミさんが外出した時の夕食などは、ついつい近所のコンビニから、何かを買ってくることになる。

今夜もコップ酒をやりながら、手にしたのは握り飯だ。「おむすび」というほうが親しみやすいなあ、と思ったとたん、ふいにひらめいたことがあった。

昭和二〇年三月一〇日の、東京大空襲の直後のこと。生まれたばかりの赤子を抱いて、家に残した家族がやってくるのを、今か今かと待ちあぐんだある母親の話である。

武者みよさんは、当時四二歳。旧本所区の竪川に住んでいて、一二人もの子持ちだった。〝産めよふやせよ〟の時代だったが、当時でもめったにいない子沢山で、表彰されたこともある。年子続きの子らが全員揃うと、「幼稚園みたい」に、賑やかだったという。

一三人めの出産で、大きなおなかをかかえて入院したのが、三月九日の午後だった。

夜一一時過ぎ、無事に女の子が誕生した。ほっとしたのも束の間で、空襲警報となる。超低空で侵入してきたB29の大編隊による、焼夷弾の豪雨。緊急避難で、職員たちは患者を中心に、決死の逃避行に移る。みよさんは、生まれたばかりの赤子と一緒に、タンカに乗せられた。掛けぶとんをかぶせられたうえに、何重にも紐でくくられた。医師、看護婦たちに守られ、一隊となって、火の粉の激流と大火焔の渦巻くなかを、右往左往する。

焼夷弾の落下音に、猛突風の唸り。燃え崩れる家屋の響きや、悲鳴に絶叫、親を呼ぶ声、子を呼ぶ声、助けての声に、みよさんは身の縮む思いで、

「先生、私にかまわず、もう逃げてください、皆さんで！」

と訴えると、どなるような声。

「患者を殺して、医者が生きられますか！　あんたは外を見ちゃいかん！」

逃避行は五時間に及び、総武線のガード下から両国駅へ。駅近くのアパートにたどりついて、朝を迎えた。

そこは病院の職員寮だった。

焼け残った一室で、赤子を抱いたみよさんは、家族たちを待った。が、待人は一向に現われない。気の遠くなるような時間が過ぎて、一日が終わった。たまたま出会った知人が、おむすび一つを分けてくれた。みよさんは、それをありがたく頂戴して、自分は食べずに、やがてここへ駆けつけてくるだろう子どもらに残した。

一二人もに、たった一つのおむすびでは、どう分けていいか見当もつかないが、それでも、ないよりは増しである。赤ん坊と、おむすび一つを御生大事にしたまま、時間が経過して、三月一二日の朝がきた。そして夜になった。ふと、廊下にきこえ

たはずのざわめきと足音は、別人のものだった。結局、夫もその両親も、一二人の子らも、ついに姿を見せることはなかったのだ。

「私だったら、気が狂っていたかもしれません」

そういったら、みよさんは笑って、

「赤ちゃんがいましたからね。生まれたばかりの子を手元に残されれば、母親たるもの、歯をくいしばってでも、生きる道しかありませんよ」

しわがれた声が、まざまざと甦ってきた。みよさんは、すでにこの世を去ったが、思い出すだに、手にした「おむすび」を、口にするのがためらわれた。

ご不浄ってどこ?

このところ、土曜日ごとに、講演に駆け歩いている。

そのほとんどが、憲法に関する内容だ。憲法集会というと、つい固い感じになるので、話の振り出だしで、皆さんに笑ってもらうべく、いろいろと工夫している。のっけに笑いをとれば、親近感が出て、その後の展開がラクになるというか、なめらかになる。

落語家じゃないけれど、弁士にも、気のきいた枕ことばがあるかないかで、印象が違ってくるのではないかと思う。

二〇〇〇人も入る大会場が、ぎっしりと埋まった集会があった。

——大盛況ですね。私もなんだか大作家になった気分です。

これは受けた。なごやかな空気になって、アガリかけていたのに自信がついた。

そうかと思うと、一〇〇〇人も入る会場に、三分の一も埋まらないところもあった。

——ちょっと、入れ物が大きすぎたんじゃないですか。でも、大は小をかねるといいましてね。ゆったりできますよね。

こんな時、講師によっては努力が足りないのではないかという方もいるが、そんなことを口にしたら、皆さんの心は閉じてしまう。

ある時は、駅からビラに書かれた地図をたよりに歩いたら、会場まで三〇分余を要したところがあった。参加者の大半は車か自転車なのだろうが、危うく遅れるところで、迎えに出なかったのは、主催者の手落ちである。ビラに「徒歩三〇分」と書いてあれば、もちろんタクシーを使ったのだ。真っ暗な夜の道で、ほとんど人通りもなかった。

——駅のちょっと先かと思いましたら、ずいぶん先があるもんですね。おかげで、いい運動になりました。

また、ある時は、医療関係者の集いだった。少し長いかなと思ったが、次のような枕ことばから入った。

――私は、東京下町の、ある民主的な病院の友の会会長役を、おおせつかっていました。なんと二八年もやって、ようやく名誉なんとかにさせられたところです。

そんなわけで、看護師さんたちとも親しくなりましたが、外来の新人から、愉快な話をききました。ある時、足元もおぼつかないようなおばあさんが、よろよろとやってきたんですね。

「看護婦さん、あのぅ、ご、ご不浄へいきたいんですが……」

ところが彼女は、ご不浄なる言葉をきいたこともなければ、教わったこともなかったんですね。とっさに、極楽浄土と勘違いしたそうです。

「おばあちゃん、何をおっしゃるんですか。そんな気弱なことでどうするんですか。さあ、私と一緒に、がんばるんですよ！」

その時の、おばあさんの顔が、目に浮かぶじゃないですか。

会場は大爆笑で、しばらく笑いがとまらなかった。そこで、本論へ。

「皆さん、笑っている場合じゃありませんよ。国会の動きに目を向ければ、いつかきた道へ、戦争のできる国へと、にわかに逆戻りの状況です。すなわち政府与党は教育基本法改定で合意し、今国会に提出審議入りでということで、さらに続いて、改憲のための国民投票法案をと、平和と民主主義の大ピンチです」

通常国会は六月一八日までだが、延長もなくはない。外来の若い看護師さんではないが、「さあ、私と一緒にがんばるんですよ」の声が、どこからどれほど広まることか。

娘と孫の里帰り

沖縄に住んでいる娘が、時どき子連れで里帰りする。といっても、高い飛行機代を使って遊びにくるわけではなく、仕事のためである。

娘の愛《あい》が、ドキュメンタリー映画「軍隊をすてた国」をプロデュースしたのは、数年前のことで、まだ二十代だった。映画製作のために、「あいファクトリー」を立ち上げたが、全国三〇〇ヵ所もの自主上映会のあと、ビデオ化されたのが先頃である。この間に、映画とかかわった沖縄のカメラマンと結婚したことは、先にも少し触れた。

男の子の真木が生まれても、子育てに専念しているわけにはいかず、講演に呼ばれたり、六本木にある事務所での打ち合わせもある。そのたびごとに、赤子と一緒にやってくるというわけだ。

真木は一歳ちょっとで、歩き出したばかり。孫を迎えるカミさんはうれしそうだが、娘が仕事で出かけてしまうと、その子守りはカミさんと私の役目になる。寝ているあいだは自由時間だが、起き出したら、目が離せない。その面倒は、意外と大変だ。抱いているとかなりの重さで、すぐに腕がしびれてくる。娘が帰宅するはずの予定時間を過ぎると、カミさんもぐったり。

仕方ないので、私が乳母車に乗せて、近所を散歩することになる。外の空気にふれるのは好きらしく、真木は手足を振ったりして、うれしそうだ。

「お孫さんですね」

道端で声をかけられた。近所に住む元教員のTさんで、わが家の子どもらが幼なかった頃に、水泳のメダカクラブで、お世話になった人だ。最近は体調がすぐれないときいていた。

「いいですねえ、最高ですよ。お孫さんと一緒の散歩だなんて…」

「いやいや、ラクじゃありませんよ。もうグロッキーでして、娘はいつ沖縄に帰るのかと、その日待ちですよ」

「うちなんか、三人ともまだ家にいますよ。それも一人は職なしでね。メダカクラブのSさんもMさんも、子どもたちはみんな独身。メダカはでかくなったままで、孫なんかいる人はいませんよ」

「結婚もしにくい世の中になったのかなあ。若い人も大変ですよね」

「そうです。真木ちゃんですか。かわいいですねえ。うちにも、こんな孫がいたなら、張り合いが出るんだけど……」


Tさんにいわれたわけではないが、家に戻ってから、スヤスヤと眠ってしまった真木の顔は、見れば見るほど愛らしかった。

この前にきた時よりもずっと大きくなって、私たちとこの社会を、全面的に信頼しきった、安らかな寝顔である。どんな夢を見ているのだろうか。そして、どんな社会の、この国のありようを願っているのだろうか。まさか、戦争のできる国や社会を、願っているはずはない。

私たちは、このきびしい現実に生きている以上、時には心ならずの自制や妥協も、ないとはいえない。しかし、私は私であっても一人ではない。後に続く未来世代の、まだ語るすべもない声をも、重ね合わせていくべきではないのか。

それと、かつての戦争で無念の死をとげた人たちの、声なき声にも、耳を澄まさなければ……などと考えているうち、やっと娘が帰宅したらしく、玄関口に、カミさんの声がはずんできこえた。

センター増築にもう一息

新しい家を建ててから四年で、倍ほども増築しようという方は、めったにいない。それならば最初から、必要な面積でやるべきではなかったか、といわれそうである。計画性がなかったからではなくて、資金がなかったのである。さる罹災者から提供された用地に設立された戦災資料センターは、どこからの助成があるわけでなく、元はゼロだった。ゼロから始まって、民間募金で現在の小さな三階建てが、やっとのこと立ち上がったのだ。

ところが、その存在意義が広く知られるようになると、修学旅行の学校や団体、グループの入館者が、そして貴重な資料が増えてきた。展示室や会議室をもう少し広く…の強い要望に、無理を承知の上で、またまたのお願いに踏み切った、という次第。

そんな時、京都の未知なる人から、事務局あてに電話が入った。

「新聞で、センター増築を知りました。つきましては五〇〇〇万円を、お送りしたいと思います」

電話を受けたスタッフは、びっくり仰天。

「どうかなさいましたか?」

と、問われてしまったという。

その人、Uさんは、先頃ご夫君を亡くされ、その遺志をということだった。

ご夫君は、一夜にして一〇万人もの都民が犠牲になった大空襲の夜に、陸軍の軍医少尉で二一歳。ずいぶん若い軍医だったが、旧本所区の中和国民学校講堂で、救急治療に当った。学校内は「身動きできない重傷者」ばかりで、それも一般市民、婦女子の惨たる姿に、慄然とする。氏はまもなく戦線出動の予定だったが、「はじめての出動地が、戦場と化した帝都東京」とは、「何というめぐり合わせであろう」

と、述懐している。その体験が、戦後の京都で、医師として生きる原点になったのだろうか。

「東京大空襲は、主人にとりまして、忘れることのできない過酷な惨状でした。それを折にふれて話し、最近自分の余命を自覚した時、急いで自分史をまとめ、大空襲のこともその一部に加えております」

後ほどいただいた遺作と、Uさんからの手紙には、そう書かれてあった。募金はいくらでもありがたいが、まだ目標にはちょっとの状態だったから、Uさんのご好意には、胸が熱くなった。

東京大空襲は、後の広島・長崎の原爆に匹敵するほどの大惨禍なのに、都内には公立の戦災記念館もなければ、平和公園もない。政治の中心である首都においては、補償問題になりかねない民間人の戦禍に蓋をしたい意向が、ことさら強く戦後へと引き継がれたのだ。国が始めた戦争なのに、その結果がもたらした民間人の被害救済はそっちのけで、被害実態の調査さえ行われていない。国民主権の憲法下にあるまじき、人道的施策の大欠落だろう。これでは犠牲者も遺族も浮かばれない。東京都も江東区も、右へならへである。

しかし、主権者は私たちだ。憲法九条の心を生かしていくためにも、都民の戦禍を語りつぐカナメとして、当センターを、より充実したもので確保できればと思う。まもなく増築工事入りだが、募金はもう一息のところ。ほんとうは国も都も区も知らん顔でいるのがおかしいのだと思う。

枯れ葉剤とガーちゃん

ベトナム戦争終結三〇年の昨年は、春と夏とハノイへ飛んだ。

一人の少女に密着して、戦争の後遺症を取材したかったからである。

ガーちゃんこと、一三歳。タイ・ティ・ガーは、ハノイの児童養護施設の「平

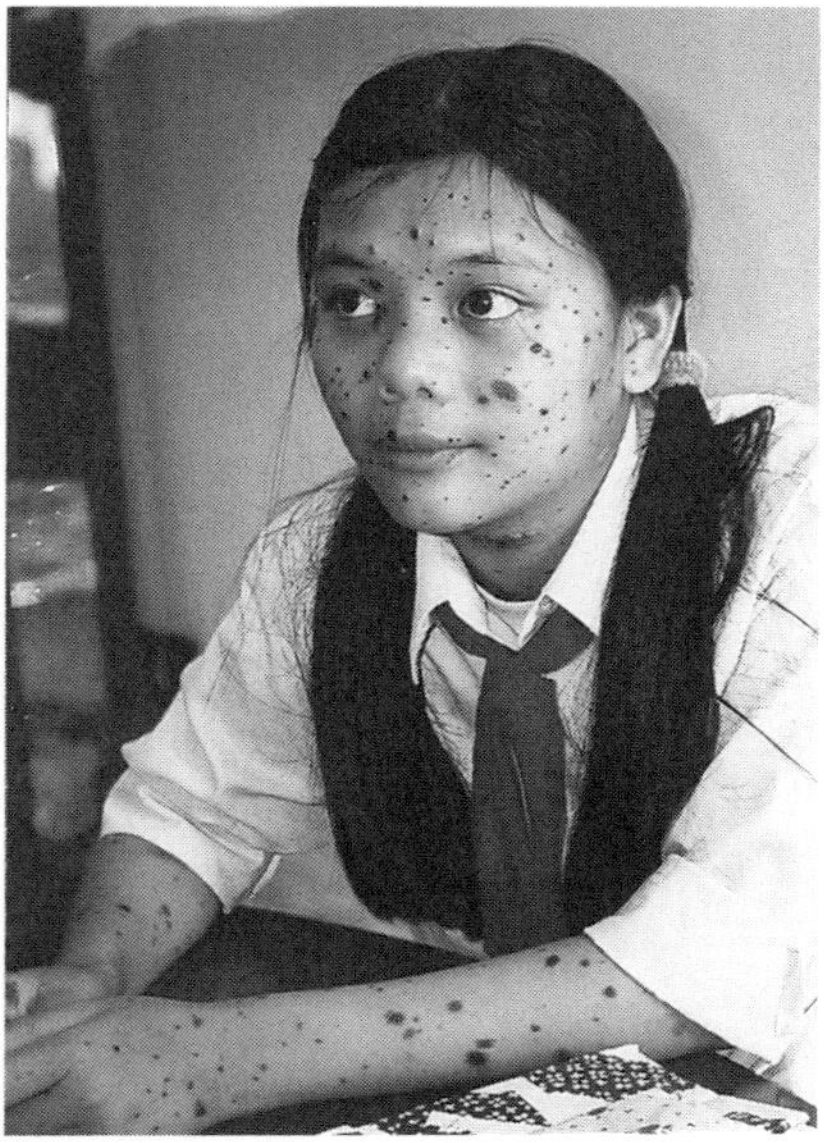

ガーちゃんは13歳

和村」で治療とリハビリ、勉強に社会復帰の職業訓練を受けているが、顔中に黒いあざが点々とある。大きいのは黒豆ほどもあり、小さいのはゴマ粒くらいだが、唇から両耳、首筋に、いやいや全身にある。

黒い瞳がクリクリとした、あどけない少女なのに、まるで泥の跳ねを、びしゃっと浴びたかのよう。それでも、多少薄らいだのは、元看護師のある人が東京へ呼んで、高度のレーザー手術を受けさせたからだ。

ベトナム戦争中に、米軍が空中から散布した枯れ葉剤は、一〇年も続いたが、毒性の強いダイオキシン入りのが多かった。その影響を受けた人びとから、ガン、白血病、先天障害などの疾患が現われ、すでに一〇万人が死亡したといわれる。わけても残酷なのは、あの二重体児のベトちゃんドクちゃんではないが、さまざまな心身障害児が生まれ、現在も生まれていることだろう。

ガーちゃんは、その一人だ。父親は戦時中に、解放軍に参加して、枯れ葉剤の混入した水を飲んだのだ。それが猛毒だと知ったのはかなり後のことで、かすれ声で話す父の顔からは、とめどなしに涙が溢れて落ちたという。

「それからというもの、私は二度と聞くのをやめにしました……」

彼女の家は、姉が半身不随で、父も具合が悪く、二人の病人を抱えた農家は、畑仕事だけでは成りたたず、母がレンガ工場で働いている。重労働だが、一日一ドルの賃金だ。栄養補給もままならず、ガーちゃんは「平和村」へ送りこまれた。障害児たちの家の大半は、親が一人前に働くことができず、貧しさに不自由な体をいたわりながら、日々の暮しに追われているのである。

現代の戦争とは、なんと罪深いものか。ベトナム戦争はとっくに終わったはずなのに、まだ続いている。戦火は消えたが、ずっと後に生まれた少女に、平和はきていない、と思わざるを得なかった。それでも、けんめいに勉強中のガーちゃんは、将来は医師になりたい、という。

「そうして、病院の少ない農村部に入って、恵まれない子を診たり、治療をしたりして、一人でも助けられたらと思うの。よくしてくれた両親の世話もしてあげたいし……」

「あなたはね、若いんだから、何もかもこれからなんですよ。医学も進歩していることだし、それに、あなたのあざは心にはない。心は誰よりもきれいなんだ、と自信を持つことですね」

といったら、彼女は目に涙をにじませて、こくんとうなずいた。その顔が、とてもいじらしくて、心に残ってしまった。

私の力はささやかだが、文章を書いて知らせることはできる。このほど、写真絵本『物語ベトナムに生きて』（三巻）をまとめたが、その①が「枯れ葉剤とガーちゃん」で、②が「戦争孤児のダーちゃん」③は「ナパーム弾とキムちゃん」だ。戦争とは無関係なはずの三人の少女が、おぞましい戦禍にもめげずに生きる姿を紹介して、改めてベトナム戦争を見つめなおしたつもり。でも、三冊同時刊行とは、少し張りきりすぎたかな。

これはケシカランと

先ごろ、「老人医療証の送付について」なる文書が、区役所から届いた。若いつもりでいたが、そうか、私も老人なのかと思い知らされた。七月まで一割だった医療費の窓口支払いが、八月から二割、一〇月から三割と、三倍もハネ上がる。税制と医療制度改悪とが重なった結果だが、六月なかばの国会で強行された改悪法が、こんなにも早く、わが身に迫ってこようとは。まさに直撃である。

「国民健康保険の滞納者が、全国で四六〇万世帯もあるというのに、これから一体どうなるんだろうか」

溜息まじりに、カミさんにいえば、

「え？　全国でそんなにも？」

「新聞記事をメモしておいたが、全体の約二〇％だ。つまり五世帯に一世帯の割合いになる。東京は二三％、埼玉県で二二％。未納による無保険者が、足立区では一万人を超えるだろう、と」

「その足立区で、就学援助を受ける子どもや生徒が、半分近くもいるって、報道されたばかりよね」

区内の元教師だったカミさんは、まゆをひそめる。

「そうだ。四三％もいる、と。対象となるのは、前年の所得が生活保護水準の一・一倍以内の家庭で、区内には七割にも達した小学校もあるって話だよ。ノートや鉛筆を持ってこれずに、給食を食べにくる子とか…」

「まるで、戦時中みたいじゃない。住民税ががっぽり上がって、おまけに、病気になっても保険証がなかったとしたら、どうなるのかしら」

「うむ、他人事じゃないよ。だから、ぼくも、かけこみで歯の治療を終えたのさ。はっはは……。七月ぎりぎりに、薬もたんまりもらってきたんだ。一割負担のうちに。といっても一ヶ月分で、もう切れてしまった」

「あわれな話ね。これから大きな病気でもしたら、大変じゃないの」
「そう。そん時は、九月中に手術してもらわにゃいかん。九月三〇日迄にだよ」
私は笑ったが、自分でも虚しい苦笑にならざるを得なかった。

それでも、まだこちらは保険証があるからいいが、ない人の不安は、想像を絶するものがある。たとえば足立区の場合、フィリピンなどの外国人が相当数いる。少々のことでは病院にもいけない。保険証なしお金なしの患者では、病院だって困るだろう。構造改革とやらのおかげで、貧困家庭が急増してきたのだ。毎年三万人を超える自殺者は、さらに増えるのではないか。

憲法で保障されたはずの平和的生存権＝平和のうちに生きる権利が、ありとあらゆるところで、ガラガラドンドンと、音を立てて崩れ始めている。そして、憲法のカナメともいえる第九条を葬ろうという勢力が、虎視たんたんと、秋の国会を狙っている。まもなく臨時国会が招集されるが、この国の平和と民主主義の岐路ともいうべき、重要法案が目白押しだ。

これは許せない、これはケシカランの集いのたびに外出するが、一〇〇〇円で入手できたシルバーパスも、私の場合、九月末でチョン。駅まで二〇分近くかかるが、仕方ない。ぽつぽつと歩いて、運動不足を解消するとするか。ラクではないが、次の選挙で、弱い者いじめの政党に、ぎゃふんといわせてやりたいものである。

デンマークで思ったこと

北欧のデンマークを旅してきた。

その動機といえば、二昔以上前、一冊の写真集を手にしたことにある。石亀泰郎著の『イエペはぼうしがだいすき』（文化出版局）だ。写真家の石亀氏は、コペンハーゲンの公園で、保父さんと散歩中の妙な子を見た。大人の山高帽みたいなのを、まぶかにかぶっている。保父さんに聞くと、三歳のイエペは帽子が好きで、一〇〇ほども持っているという。

保育園につれていってもらうと、食事や遊びの時も、帽子をかぶったままだ。「イエペは帽子が好きなんだから、好きにさせておく」とのこと。

驚いた石亀氏は、一ヶ月後にまた現地を訪れて、この子の日常生活を撮影、一冊にまとめた。そのイエペの可愛らしさが、ずっと心に残っている。いくら帽子が好きでも、室内では脱ぎなさいが、日本の常識ではないか。

デンマークでは、幼い時から、個性を大切にする教育が行われている。自分の生き方は自分で決めるという原則が、ありとあらゆるところで貫かれているのだ。

市内の保育園を見学できたが、制服や体育着などなしの、自由な服装で、運動会や学芸会もなし。お弁当も好きな時に食べてよしだった。広びろとした庭に、雨中でも外で遊べるように、全員がフード付きのカッパ。それも色とりどりで、同色ではない。

たまたま移民の多い町で、言葉も文化も違う子どもたちの園だったが、それぞれの違いを認めた上で、みんな平等に…という、園長さんの言葉だった。

保育時間は、朝七時から夕方五時まで。保護者の迎えが遅れることは、めったにないという。

「え、父親も、ですか?」

「はい。職場は近いし、その時間迄には終わりますから」

「というと、勤務時間は四時迄ですか」

「職場にもよりますが、両親のどちらかが、そうですね」

「残業などがあるでしょう。とりわけ父親には……」

私の質問に、園長さんは首を振った。デンマークでは、どこの職場でも、週に三七時間労働で、年に五週間以上の有給休暇があるという。仕事が終わらずに一時間余分に働けば、ほかの日に一時間がカットできる。原則として、残業はないのだそうだ。

この国は、高税高福祉でも知られている。なるほど税金は所得の半分にも及ぶが、国民生活に還元されて、教育も医療も無料だ。老後の心配はない。物質的な欲求はほどほどにして、低エネルギー政策を基本に、人びとは自由な時間と安定を望んでいるかのように見えた。最新の国民生活白書によれば、一週間あたりの労働時間が五〇時間以上の労働者の割合で、二八％の日本に対し、デンマークは五％である。

あれこれと考えながら、童話作家アンデルセンの住んだ家や、人魚姫の像を見て、歩行者天国の旧市街を歩いた。

ふと、そのへんの路地裏から、山高帽をかぶったイエペが、ひょいと飛び出してきそうな気がした。でも、あれから二〇年余。今は父親になっているかもしれないな、と苦笑した。そして思った。君が代を歌わない自由さえも失われてしまった、わが国の現実を。日本はいつのまにか、「右向け右！」のキナ臭い時代に、逆戻りしているのかも……。

ふるさとに帰り来ませと

長野県佐久での、教育研究集会に招かれた。

あいにくの大雨のなか、高校の体育館に、四〇〇人を超える先生たちが集まった。「いのちと平和の尊さを」という演題だったが、事前に信州の教育関係資料を取りよせて、準備をした。そのなかに、戦中の勤労動員についての、珍しい記録があった。

一九四四（昭和一九）年は、「鬼畜米英・一億火の玉」で、太平洋戦争も破局を迎えた年である。青壮年の男性が兵隊にとられ、労働力が不足したために、小学生を除く生徒や学生たちが、工場などにかり出された。当時一二歳だった私もその一人だったが、これを学徒勤労動員という。

長野県の伊那高女（現弥生が丘高校）では、四年生が勤労報国隊を結成して、八月から名古屋の三菱航空機製作所に出動した。ところが、翌年三月のＢ29による大空襲で、軍事目標が集中爆撃を受ける。隊員の飯島米子さんが死亡、宮沢京子さんが負傷した。責任者である白鳥伝先生は心をいため、死亡した生徒の霊を母校で弔うべく、五日間の休暇を取って、全員が母校へ帰ることを会社側に告げる。もちろん、スンナリと受け入れられるはずがない。

しかし、先生の決意は固かった。

なんとか、了解はとりつけたものの、二七〇名もの国鉄キップの手配や、生徒たちの荷物の運搬に悪戦苦闘、座りこみまでしたという。やっとの思いで全員が故郷の土を踏んだが、淀川茂重校長は白鳥先生の英断を支持し、「私の責任で、生徒の殺されるようなところへは戻さぬ」とがんばって、早く帰せの三菱重工側の督促を退けた。後に白鳥先生は書いている。

「あるいは、戦争に非協力的といわれて、憲兵隊の厄介になるようなことがあっても、生徒のためならば……」と。

女生徒たちは学徒であり、産業戦士である。一億総武装の非常時とあって、逃げ帰ってきたという非難をあびたが、非国民、不忠者の誹謗もあったことだろう。しかし何といわれようとも、生徒を二度と名古屋へは戻さなかった。教育者は、生命をかけて、教え子たちを守り抜いたのである。

ごく最近、すでに七十代後半になった女性たちが、母校の正門そばに、小さな歌碑を建立したという。

「ふるさとに帰り来ませと石に彫り、
生き残りたる者は悲しむ」

空襲で死んだ友よ、ふるさとに帰ってらっしゃい、そう石に彫んで、生き残った私たちは悲しみをこらえている、ということか。

この記録に胸が熱くなった私は、講演のなかで紹介した。先生たちは同じ信州人とはいえ、初めて耳にしたのだろう。つきつめた表情で、身じろぎもせずに聞いてくれて、せっせとノートしている人もいた。

「ちょうど、臨時国会のさなかですが……」

と、私は続けた。「今国会では、教育基本法の改定を最優先課題にすると、新首相は公約、審議入りしました。安倍さんはすでに、〝国が危機に瀕した時に、命を捧げる人がいなければ、この国は成り立たぬ〟と、主張しているんですよ。子どものためから、国家のための教育に変えようというのです。白鳥先生や淀川校長がご存命でしたら、何といったことでしょうか。先人たちの声なき声を、しっかり受け継いでいきたいですね」

外の雨は、止みそうもなかった。

投書一本の反響に驚く

朝日新聞の「声」らんに投書したら、一一月六日付けで、掲載された。タイトルは「空襲の惨禍を知ってほしい」である。

投書が採用されるには、タイミングがいる。今度のきっかけは、その数日前に同紙に大きく出たシンポジウムの記事が、ヒントになった。映画の山田洋次監督が大学生と語りあった「日本国を考える」で、興味深い内容だったが、私が気になったのは、学生たちの戦争への認識である。

山田監督が、「先の戦争で日本人の死者数は」と質問したのに対し、正解者はいなかった。広島の原爆についても同じ。一九四五年三月一〇日、B29による東京大空襲での一〇万人もの犠牲者数も、推して知るべしだろう。そこで、私はこう書いた。

——私どもの「東京大空襲・戦災資料センター」の目的は、そうした未来世代への戦禍の継承と、生命と平和の尊さの伝達にある。まったくの民立民営で、江東区北砂一丁目に建つ小さなセンターだが、修学旅行生徒たちの参観が急増して、目下増築中だ。工事進行で夢が広がるが、増築募金はもう一息のところ。

年内には完成し、年明けから再開するが、山田監督のいう「あの戦争は何だったのか、だれが犠牲になったのか」で言わんとする都民の惨禍を、きちんと知ってほしい。過去は未来のためにあるのだ。山田監督も次回作のために来館している。増築募金にお心のある方は、電話03—5857—5631（戦災資料センター）まで、ご一報ください、と。


掲載前に事務局に連絡して、対応してもらったが、当日は一日中電話が鳴り続けて四九本、翌日が三六本、三日目はやや落着いたが、合計一二〇本にも達した。これがわが家だったらパニックになるところで、一本の投書でも、その反響の大きさに驚いた。

増築工事は年内完成で着々と進み、同時にその支払い日が刻々と迫ってくるのに、募金はまだ目標に届かない。「もう一息のところ」で、あたふたしていたから、お心ある方々のご支援は、ありがたかった。

その電話の内容を、受けた女性から、丹念にメモしてもらっていたので、読むことができた。

「ほんの気持ちばかりだが、役立ててほしい」「八〇歳を過ぎて、大げさなことはできないけれど、ほんの少し」「東京大空襲、広島や長崎をかえりみない国は、戦前に戻っていくのかも…」「民を考えない政治、弱い者が生きられない政治の下で、この事業の成功を祈る」「センターの存在をはじめて知ったが、来春にも訪ねたい」などなど。

しかし、その中に、「領収書など一切不要、送ってもらうと家で困るので、トク名で」がいくつか。いずれも高齢の女性だった。おそらく夫に先立たれて、今はかなりの年頃の子と、同居中なのだろう。福祉切り捨ての息苦しい日々に、体力的にも経済的にも先細りして、子の世話にすがり、肩身のせまい思いでいるのではないのか。

たとえ、へそくりといえども募金が家族に知れたら、厄介なことになるのだろうか。でも、母は、あの戦中戦後を必死に子らを守って、育ててきたのでは……。

そんな方々の「心」のこもったセンターなればこそ、立派に完成させて、戦災地だった下町から、いのちと平和の尊さを発信したいと思う。

第三章

ものは考えようで

那覇に嫁いだ娘から、電話がかかってきた。中米コスタリカに在住しているT氏のアドレスと電話を知りたいという。知人が現地へ行くので、紹介したいとのこと。そこで、T氏からきた何通かの航空便を探したら、わりと簡単に見つかった。ついでに、改めて読み直してみた。

長野県下の講演会で、T氏に声をかけられたのは、一昔前のことである。職場を定年退職された氏は私と同年で、私のコスタリカ報告に気をよくしてか、七年前に奥さんと、スペイン語のできる娘さんとで、首都サンホセ郊外に移住した。以来、文通が続いている。

移住の理由は、まず軍隊がなくて外国の基地もないこと。一年中が温暖で野菜、果物が豊富なこと、自然保護の先進国であることなどだそうだが、何よりも平和憲法を持つ国に魅力を感じたという。

入手した家は、当時のレートで約七〇〇万円で、土地一〇〇坪に建坪五〇坪。閑静な住宅地で、毎朝一時間の散歩を日課に、庭で花を植えたり野菜を作ったりだ。

市街地まではバスで半時間足らずだが、料金は二〇円ちょっと。老人に見られるのか、若者がすぐに席を譲ってくれるという。

年に一度は帰郷するが、日本は「空気が悪いのと、物価の高いこと、無責任な政治家たち、残忍な少年犯罪、戦前の暗い時代に引き戻さんとする勢力」に厭気がさして、早く「心の安まる」コスタリカに帰りたくなる、と書いてもいる。わが家の娘は、映画「軍隊をすてた国」製作で、T氏宅にお世話になったせいか、サンホセでぜひ上映会をと結ばれている。〇六年度の賀状もきているから、お元気でいるのだろう。

「一〇〇坪の土地に家つきで七〇〇〇万円、バス代が日本の十分の一だなんて、コスタリカはいいねえ。われわれにも手の届く値段だよな」

夕食時の一杯で、手紙の束を前にしていえば、カミさんは笑って、

「Tさんは、もしかして言いたいんじゃないの。もうこれ以上、日本にいても見込みはありません、とでも……」

「うむ。そうかもしらん。ひどい世の中になったもんだ。悪法が次つぎまかり通って、閣僚からは核武装論やら集団的自衛権もちらほら。いじめに、福祉切り捨てに

増税と、この先は酒もまずくなる一方だ」

「でも、あなたは畑はいじれないし、外国語はさっぱり。たとえ移住しても、何も仕事がないんじゃないの」

「そんなことはないさ。ペン一本で、どこへ行ってもOKだ。もっともコスタリカでは、戦争と平和はテーマにならないだろうな。国民が巻きこまれた外敵との戦争は、一五〇年も前のことで、生存者は一人もいない」

「ほら、ごらんなさい。語り継ぐ戦争体験のない国で、平穏無事な国なのよ。そうなると、せいぜい庭いじりくらいなもので、すぐ認知症になるわね」

「はっは……、図星かもしれない。さまざまな不条理にカッカとなっていれば、老化なしってことか。ものは考えようだな」

「そうよ、今は私たちの出番で、生きがいのある時代なのよ。そうとでも思わなくちゃ……」

うーん、それはそうかもしれないが、ラクじゃないよの結論で、お酒の追加となる。

若い世代の心の内は……

今の政治に世の中をよくする力があるかの問いに、「そうは思わない」74％、今の政治に不満という人が80％（「大いに」26％、「ある程度」54％）とは、〇七年一月五日付けの朝日新聞が、25～35歳の「ロストジェネレーション」を対象にした国民意識調査である。

その見出しは、「格差、漂う若者、仕事、不安抱え」だが、現代社会に生きる若者の、溜め息が伝わってくる。

調査は、同年代の正社員と非正規雇用の実態も探っている。わかりやすく正社員をAとし、後者のうちの派遣・契約社員を除く、「パート・アルバイト・フリーター」をBとして、男性の項目だけを見ていこう。

まず年収だが、Aは四四二万円（ちなみに女性は三二八万円）で、Bは一五九万円（女性は一一五万円）。一週間の労働日数はAが五・三日、Bは四・八日。一日の労働時間はどうか。Aは九・七時間でBは七・四時間。未婚はAが46％、Bが96％。親との同居では、Aが31％でBは71％である。

Ｂの場合、一週間の労働日数はＡとそう変わらず、労働時間は二時間ほど短いだけで、収入は三分の一だ。住居費や食費などの面は親に依存した生活が大半で、とうてい自立や結婚は望めない。

正社員のＡは、収入こそまずまずだが、一日一〇時間近い労働（サービス残業は含まず）にかりたてられ、Ｂは生活保護水準以下の、ワーキングプアと呼ばれる働く貧困層で、そのきびしい現実がかいま見える。ＡＢとも、現在の生活の不満度は高く、Ｂで八割を超えるのは当然だろう。

こうしてみると、先の内閣が掲げた構造改革は、構造改悪にほかならず、労働者や国民のあいだに、深刻な貧困化問題が広がってきたのではないか。働いている人の三人に一人、若者や女性だと二人に一人が、家庭を持つことはもちろん、自らの健康と生活の維持さえ困難になっている。この状態がさらにエスカレートしていけば、民族存亡の危機にもつながりかねない。

そこでふたたび、25〜35歳全体の意識に戻って、多岐にわたる項目のうち、私が気になるところを拾ってみよう。

働くのはなんのためかでは、生活のためが73％で、自分の生きがいのためは23％。理想と現実のどちらを大切にして生きるかでは、理想29％に現実が65％。老後の生活資金では、国や社会などの年金に頼るが26％、自分で準備するが73％だ。

そして、どの政党を支持していますかでは、自民党19％、民主党12％、公明党2％、共産党0％、社民党1％、国民新党0％、新党日本0％、支持政党なしが62％である。すなわち政府与党支持は全体の二割ほどだが、共産党0％と、支持政党なしの62％に驚き、ぎょっとなった。

そこで、私のメッセージである。

「今の政治にアイソをつかしているのは、まったくその通りでして、私も同じです。問題は、その不満をどう解決すべきかですよね。日本の社会はなぜこんなことになってしまったのか。そこにこそ目を向けるべきでは……。なるようにしかならないで、支持政党なしでは、不安な深みにはまっていくばかり。ことしは選挙の年です。社会的感覚をみがいて、不条理を許さず、自分たちの生活と人権と、平和な暮らしを、その手につかもうではありませんか。あなたの一票に未来を託して……」

差し伸べる我が手はらいて

三月一〇日は、東京大空襲の日だ。

Ｂ29による無差別爆撃で、一夜にして一〇万人もの生命が失われたが、それから六二年。ことしは、昨年と異なる動きが重なって、マスコミからも注目されている。その一つは、犠牲者の遺族たちが、国に対し被害の賠償と謝罪を求めて、集団提訴に踏みきったこと。二つめは、「東京大空襲・戦災資料センター」の増築が、多くの人たちの募金と励ましとで完成、三月からリニューアルされたこと。ご支援くださった方々に、心から御礼を申しあげたい。

ほぼ倍増された会議室で、工事関係者中心のささやかな竣工式が行われたが、私は手離しで喜べなかった。増築成ったセンターを見て欲しかった支援者の、お一人が欠けている。森川寿美子さんだ。工事終了少し前に、八五歳でこの世を去った。

あの日あの時、本所区（現墨田区）内にいた寿美子さんは二四歳。ご夫君が出征された家庭を守っていたが、四歳の息子の手を引き、誕生日もきていない双子の娘を背負って、焼夷弾の降り注ぐなかを逃げ回る。

若い母親は、猛火に追われて、公園のプールに飛びこむ。「おかあちゃん、ごめん。ぼくおとなしくするから」と泣いた輝一ちゃんは、なぜ薄氷の浮いた水に入れられたかも、わからない。戦争だよといっても始まらない。

「おかあちゃん、熱いよ。赤ちゃんはもっと熱いだろうね、だいじょうぶ？」

「輝一、だいじょうぶ。赤ちゃんおとなしくしているから。ぼくは男だもの、もうちょっとがまんしてね」

「うん、赤ちゃんだいじょうぶならいいんだ。どこへもやらないでね……」

寿美子さんは、火中で妹を気づかう長男と、おぶっていた双子の赤ちゃんを、わが身のぬくもりの中で失った。背中の赤子が、静かに眠っているように息絶えたのかと思ったが、生ある者の理不尽な死は、そんなものではなかった。「最後の力をふりしぼって」か、「小さな足が私の腰をけって…」と、彼女の手記（『東京大空襲から六〇年・母の記録』岩波ブックレット）にある。


なんと痛ましく、罪深いことか。そして国が始めた戦争なのに、政府は戦後この方、寿美子さんに、何かをしてくれたのだろうか。

「ええ、もらいましたよ。救護所で乾パン一袋を。それだけですよ」

まだお元気だった頃、訪ねた私に、寿美子さんは苦笑気味にそういった。

彼女は三月一〇日のあと、五月末の山の手空襲で、実家の両親まで亡くしている。

踏んだり蹴ったりというが、踏まれたり蹴られたりで、小さい者や弱い者の犠牲を、

「乾パン一袋」ですませた政府は、旧軍人軍属等恩給費に今も一兆円近い巨額を支出する一方で、いよいよ憲法を変えようと動き始めた。遺族たちの集団提訴は、戦争・空襲を二度とくり返すまじの決意の証《あかし》といえないか。改めて寿美子さんが残された歌集を読み返してみる。

地獄の夜　幼きながら耐えし子の
　健気さ思い　涙垂《た》りくる
差し伸べる我が手はらいて　幼らは
消えて覚めれば　夢に泣きたり
くり返し我れ叫びたし　再たびを
おかしてはならじ　戦争の愚を

ふたたびデンマークにて

二月下旬に、再度デンマークを旅してきた。昨年夏の取材不足分を、埋めたかったのである。

飛行機もホテルも、一番安い時期を狙ったのだが、コペンハーゲン空港を一歩出ると、ほおにはじける猛烈な雪つぶてだった。安い時にはリスクもあるのだと、思い知らされた。

最初に足を向けたのは、人魚姫の像近くのレジスタンス記念館である。すっぽりと雪に被われていて、そう大規模ではないけれど、国立である。

一九四〇年四月、ナチスドイツ軍による電撃作戦で、国境を接していたデンマークは、数時間の戦闘でお手上げした。それから四五年五月の解放の日までを、「暗黒の五年間」という。祖国の自由を求める人びとは、地下新聞を発行し、組織的な抵抗運動を展開、軍需工場や鉄道の爆破まで行っている。デンマークの高福祉に関心を持つ人は多いが、この記念館を知る人は少ない。

事前に案内人を依頼して、長身の青年がついてくれた。はにかみがちで、どこか頼りなげだったが、その語りは的確で、あれこれの質問にもきちんと答えた。最後に年令を聞くと二四歳、学生だという。

「コペンハーゲン大学で、歴史を勉強しています」

「じゃアルバイト?」

「大学から派遣されて、です。秋から大学院生になります」

ふーんと、私は感心した。私どもの戦災資料センターに、都内の大学が学生ガイドを派遣するなんてことは、考えにくい。日本の戦禍の語り部は体験者が一般例だが、みな高齢で、このままでは後が続かない。デンマークに見習って、各大学にそんな要請をしてみるかと思う。駄目で元々だから。

夏にきた時に、国会議事堂前で、少人数ながら訴えている平和グループがいた。「イスラエル、ボイコット」

平和グループの街頭アピールは1958日目だ

の横断幕が目についた。折しもレバノンにおけるイスラエル軍の非道ぶりが報じられていて、撤退を求める声が盛んだった。立て看板に一七七六とあって、それらが彼らの街頭アピール回数だとわかった。

ということは、米英によるアフガン戦争開始の五年ほど前から、始めたことになる。報復戦争やめよと、毎日二時間だが欠かさず訴え続けている。彼らの情熱はもちろんのことだが、この国には、そんな自由が許されているのかと驚いた。あれから半年余、粉雪の舞う日だったが、同じ場所で彼らに巡り会った。看板の数字は一九五八日に変わっている。

夏場とちがって、たいそうな寒気と悪天候のさなかでは人出もなく、訴える側もたった三人。もちろん交替なのだろうが、かなりのお年で心細いばかり。白髪の雪を払いもせずに一人が語った。

「イラク戦争のアメリカを支持した政府を、許すことはできない。黙っていては認めたことになる。デンマーク軍の完全撤退が報じられたばかりだが、自分たちの幸せな生活のために続けている。国会前でデモしているのは、われわれだけじゃない」

日本ではどうか、となりそうで、私はあわててカメラをかまえた。その持続力と粘りには、ほとほと頭の下がる思いがした。焦らずあわてずあきらめず、ということか。

受話器を取ると

〇七年四月一三日、夕方近く、散歩に出ようとしたとたんに、電話が鳴った。朝日新聞社会部の記者からで、午後二時過ぎ、国民投票法案が衆院を通過したが、明日の朝刊に談話をいただきたいという。ケータイを持っていないから、出かけてしまえばアウトで、タッチの差である。

「改憲の手続きを定める法案のことですよね。うーん、何といったらいいか。法案の内容を国民によく知らせぬうちのバタバタ強行採決は、暴挙ですよね。マスコミにも責任がある」

「で、ご感想は」

「ついにここまできたかの思いで、ぞっとしています。国民が参加するならいいではないかという人が多いけれど、政府の狙いは憲法九条です。戦力不保持と交戦権禁止の骨を抜いて、戦争のできる国へ、いつかきた道へとつながるのですよ」

「なるほど」

「なのに、戦争はコリゴリだという人は高齢で、少数になりました。つまりコリゴリでない人が多数で、あの戦争での犠牲と惨禍を、十分に伝えきれなかったうらみがあります。たとえば東京大空襲では一〇万人もの人命が失われている。その人たちは、何も語る術なしで、過去からの声を引き継ぐのが、現代人の使命ですよね。それから、投票に参加できないこれからの世代の声も……」

「法案の内容についてはどうですか」

「政府案に、最低投票率の基準がないのが大問題です。有効投票の過半数で改憲できるとしていますが、これじゃ国民の総意とはなりません。だって投票率が四〇％台だったら、有権者の二〇％台で成立するじゃありませんか。私が先頃出かけたデンマークでは、改憲の国民投票は過半数ならびに全有権者の四〇％以上の賛成がなければならないとしています。イギリスも同じで、韓国は五〇％以上です。なにしろ国家百年の計なのです。ほんとうは解散、総選挙で是非を問うべきですよ。にもかかわらず、政府与党はそれ行けどんどんです。子どもたち孫たちに、いつかきた道はまっぴらごめんです」

二〇分近くもしゃべっただろうか。夕食時にコメントのゲラが届いたが、たったの二一行ばかり。広島・長崎の被爆者の声と一緒に掲載するため短くなったとのこと。翌日、朝刊を広げたら、社会面に出たものの、私の部分はまたさらに縮少されていた。

「国民投票法案衆院通過、改憲の道、なぜ急ぐ」の見出しのあと、次のようになっている。

作家の早乙女勝元さん(75)は「ついにここまで来たか」と話した。国民投票法案を通した与党の最大の狙いは、9条の改変だと考えている。

12歳で東京大空襲に遭った。一晩で約10万人が死んだ。作品や講演で体験を語り継ぎ、02年に民間募金で設立された「東京大空襲・戦災資料センター」の館長に就いた。

憲法改正は再び戦争への道につながる、としか早乙女さんには思えない。「私たちは過去の戦争犠牲者と、今の子どもたちの声なき声に、耳を傾け続けなければいけない」と語った。

語ったことのほんのちょっぴりでしかないが、四月一三日の時点で、平和憲法の堤防の一部が切り崩されたのだと思う。参議院でも可決すれば、国民投票の施行は

法公布の三年後だ。この重大な歴史の節目にあって、

「そっちの道は危険ですよ」

と、赤信号のかすかなコメントになったか、どうか。五月三日は、平和憲法誕生六〇年である。

ピースあいちの開館式に

新幹線の名古屋駅で、地下鉄東山線に乗る。約二〇分ほどで一社駅へ。そこから北へ歩いて一五分ばかり。よもぎ台の交差点右側に、三階建てのモダンな建物が登場した。

これぞ、ついに開館にこぎつけた「戦争と平和の資料館ピースあいち」である。入口から大勢の人で混雑していたが、館長さんの歓迎を受けた。赤いドレスのよく似合う野間美喜子さんは、すでに何回かお目にかかっているが、ご当地の弁護士さんで、親しみやすい笑顔のステキな方だ。

私はオープニングの講演に呼ばれてきたのだが、なにはともあれ、なかを見せてもらう。一階のフロアから、二階の展示室へ。そして三階は特別展示のほか、訪れ

た人たちの交流、研究発表、講習会、ミニコンサートなどの場になっている。

かなりの人出で、人並に続いていくより仕方なかったが、二階の戦争資料は「あいちの空襲」を主に、写真パネルや実物資料、映像などでわかりやすく構成されている。資料も豊富で、小規模ながら、平和のための戦争メモリアルセンターだ。

野間さんたちは、一昔前から建設運動を開始、愛知県と名古屋市に要請し続けてきたが、基本構想まで進んだものの、具体的な動きにはならなかった。二年前に戦争資料館のモデル展を開いたところ、その新聞記事を読んだ一女性から、思わぬ申し出があった。建設が進まないなら、用地と資金を提供したいとのこと。八六歳の加藤たづさんで、約三百㎡の敷地に、私財一億円をどうぞ、という。

野間さん始め、関係者がどんなに驚いたか、想像に余る。一同はご芳志を受けて、展示のプランを練り、資料を収集、建設への準備に入った。この間、独自に開設資金を集め、街頭での募金活動も行った。

一億円を提供した加藤さんは、トヨタ自動車のような大資本家ではない。戦時中に、B29による空襲下を生きのびて、助産婦の資格をとり、戦後結婚した夫とは早くに死別、診療所に働きながら夜昼働き続けたという。その心境をニュースに書いている。

――この歳になって思うことは、お金を持ってあの世にはいけないということです。そこで、何かいい使い道はないか、世の中のためになるような、いいことはないかと思案しました。たまたま、戦時の資料を展示する資料館の話を新聞で読み、「あっ、これだ」と思い、……電話をした次第です。

私が提供した資産は、先祖から受け継いだものではありません。私が昼夜仕事をして残したものです。この資料館が多くの方々に見ていただき、平和な世の中を作っていただきたいと思うばかりです。


心揺すぶられる文章である。加藤さんの蓄財には、気の遠くなるような歳月が必要で、「昼夜仕事をして」どれほど苦労してきたことだろう。それでも平和な世の中を……との願いから、一身上の決断をしてくれたのである。

ひたむきに運動を持続すれば、こういう人にも巡り逢えるのだ。運動の中心になった野間さんも女性なら、東京で、戦災資料センターの用地を無償提供してくれた人も、東京大空襲を生きのびた女性だった。しみじみと思う。平和を願う女性は強し、と。

ピースあいちと私たちとは、同じ民立民営で、これからの維持と運営は容易ではないが、交流と連携、共存共助を力説して、帰途についた（ピースあいちの電話は052―602―4222である）。

万の風になって

墓参りに、カミさんと、雑司ヶ谷霊園に行ってきた。

ＪＲ池袋駅に近く、ケヤキの大木などの緑が多くて、さわやかな空間だ。園内の区画もきちんとしている。案内図を手にして歩いていくと、すぐに見つけることができた。一人暮しだった姉は、この一月末に八十歳で亡くなった。大動脈瘤破裂だそうで、一日も寝込むことなく旅立ったのは、自他共に幸せだったかもしれない。

冥福を祈ってから案内図をよく見ると、近くに著名な人たちが眠っている。ものはついでと散策してみた。姉の墓のすぐうしろには竹久夢二が、通りに出た角地に夏目漱石、東へ行った先には、川口松太郎、浩、三益愛子、野添ひとみ合同の「川口家」がある。

野添ひとみさんは、わが青春期の憧れの女優の一人で、家城巳代治監督による

「姉妹」が特に秀作だった。中原ひとみと共演だったが、両ひとみ嬢は実にういういしく、青春のロマンたっぷり。花嫁姿の姉がバスに乗って、町へ嫁に行くのを妹が追いかけるシーンでは、涙がとまらなかったものである。

それからしばらくして、ご本人にお目にかかる機会があったが、私の小説を映画化したいとの意向からだった。残念ながら実現はしなかったが、野添さんは引退後、川口浩と結婚してから急逝された。

少し離れてサトウハチローや、次いで、いずみたくの墓があった。「見上げてごらん夜の星を」の楽譜が墓面に刻んである。たくちゃんにも、いろいろお世話になった。東京大空襲のレコードや、ベトナムのダーちゃんの歌、そして「猫は生きている」の映画音楽など。

そんな感慨にひたっていると、ふと今はやりの秋川雅史歌う「千の風になって」の一節が思い出された。

〽私のお墓の前で　泣かないでください
　そこに私はいません　眠ってなんかいません……

「あの歌のおかげで、お墓が売れなくなったそうだね」

同行のカミさんはふふと笑って、「そうよ、だって、そこにはいませんとなるんだから。ただの石でしかないのよね」

「ただの石か。そりゃ、ちょっと困ったもんだな。ハッハ……」

「千の風になって、空からあなたを目覚めさせ、あなたを見守るってなるのよね」

「たくちゃんも、夜の星から、千の風になってしまったのか。それにしては、ちっともいい風が吹かないね。平和憲法も崖っぷちまできてしまったし…」

「千の風にも、いろいろあるんじゃないの。だって、この霊園には、東条英機のお墓もあるのよ」

「いや、悪い奴ほどよく眠るで、そういう人たちは、今も地下に眠り続けているんだよ。風になんかならないのさ」

「ふーん、そうだとすると、大きな空を吹き渡っている風は、いい人ばかりってことよね」

「でも、みんなを目覚めさせてはくれない。必要なのは、やっぱり目覚まし時計なんだよ。この世の風を起こし、風を呼ぶのは、生きてる者たちの役割なんだから」

まもなく参議院選挙だが、憲法九条の担い手を、一人でも多く国会へ。そのためには、万の風がいる。野添さん、たくちゃん、そして姉も、大空から応援してくれますよね。

私の八月一五日

また、八・一五がやってくる。

あの日あの時が、昨日のことのように思い出される。私は東京の下町、旧向島区寺島町の焼け残りの家にいた。両親は天皇陛下の玉音放送なるものを聞きに、ラジオのある隣組の詰め所へ行ったが、同行はしなかった。

重大放送の内容は、あえて聞くまでもなかったからだ。一億玉砕の時がやってきた、と確信した。ぼくはまだ一三歳。それほど楽しいこともなく、空腹のままであの世へ行くのか。死ぬ時は、せめて満腹にさせてもらいたいが、それも今となっては、かなえられぬ夢だろう。

両親が、私を家に残したのは、留守居もあった。誰かがいないと、すぐ空巣にやられてしまう。鍋も釜も洗濯物も、玄関先の下駄に至るまで、再三の盗難にあっていた。何度かの空襲で持ち出した物もみな焼失して、大変な窮乏生活だった。いや、住居そのものが半焼けで、トタン張りなのだ。

ほどなくして、母が帰宅した。意外に明るい顔で「終わったよ」という。

「え？　何が？」

「戦争が……、敗けて終わったんだよ」

「じゃ、一億玉砕じゃないの？」

「忍びがたきを忍びとか、天皇陛下が、今さっき、ラジオで…」

私は急に気抜けする感じの一方で、頭の中がまっ白になったのを覚えている。目の前がくらくらとした。戦争が終わったらしいということはわかったが、これから先は一体どうなるのだろう。……


その私が、平和を実感したことが二つある。一つは灯火管制解除で、堂々と明りをつけてよい夜がやってきたことだ。黒布をはずした裸電球の下で、家族の顔を見た時に、平和は明るくて、まぶしいと思った。今夜から防空壕に入る心配なしに、ぐっすりと寝て朝を迎えられる、腹はペコペコでも。手足が震えるほどの感激だった。生きているうちに、そんな日が来るなんて夢のようだった。

二つめは実感というよりも平和の確認で、翌年の一一月三日。日本国憲法の公布である。帝国海軍に召集され復員してきた兄は、教師だった。新聞発表の条文を、かなり真剣に読んだのだろう。こう言ったのが忘れられない。

「これから世界のどこかで、戦争が起きたとしても、もう日本は手出しはしないし、出来ないことになったんだ。憲法第九条だ。世界に先がけて、平和をリードする国になったんだ。命拾いしてめっけもんだった!」

ふたたび裸電球が、目前にぱちっと点灯されたようだった。生まれつき虚弱で小心者だった私は、兵士にならないですむ道が開けたことに、ほっと安堵した。戦争のない社会のために、役に立つ人間になりたいものだと思った。私の戦後の「原点」といっていいかもしれない。

それからたいそうな歳月が通り過ぎて、八・一五はなんの日かと聞かれても、若い世代から返ってくる声のほとんどは、

「お盆です」

現代っ子にとっては、あまりにも遠い日の戦争で、今の平和は、空気みたいなものでしかないのだろう。でも、その空気がなくなってからでは、後のまつりだ。「知っているなら伝えよう、知らないなら学ぼう」と呼びかけてきたが、もう一言

を加えるとしよう。

平和は、平和な時にしか守れませんよ、と。

続・ふるさとに帰り来ませと

第二章に、「ふるさとに帰り来ませと」を書いたが、今回はその続きである。忘れかけている人もいるだろうから、先に内容をちょっぴり。

太平洋戦争末期の一九四四年八月、学徒勤労動員令で、長野県の伊那高女（現弥生ヶ丘高校）は、四年生二七〇名が勤労報国隊を結成。名古屋の三菱航空機製作所に出動した。B29による軍事目標への爆撃はひっきりなしで、隊員の飯島米子さんが死亡した。先生たちは心をいため、飯島さんの霊を母校で弔うべく、五日間の休暇をとって、全員が故郷の土を踏む。

学校葬のあと、校長先生は「生徒たちの殺されるようなところへは戻さぬ」と、がんばって、三菱重工側の矢の督促を拒否。生徒たちが逃げ帰ってきたという声や、戦争に非協力の非難をあびるも、教育者は生命をかけて、生徒たちを守りぬいた。ごく最近になって、七十代後半になった教え子たちが、母校内に歌碑を建立した。

碑文は、「ふるさとに帰り来ませと石に彫り、生き残りたる者は悲しむ」……

以上は入手できた資料でまとめたのだが、私はつい先頃、現地で歌碑を確認することができた。それは感激だった。

たまたま駒ヶ根市で開かれた「平和のための信州・戦争展」に招かれ、講演の中で少しこの話に触れた。すると、帰りがけに碑を見ていったら、ということになった。午前中の集会だったので、昼食に近くのそば屋へ寄った。すぐ隣に集会の参加者で、若い数人の先客がいて、なんと、弥生ヶ丘高校の生徒だという。

撮影　建石繁明氏

「先生の講演は、東京大空襲のことかと聞いてましたが、母校の話になって、びっくりしました。急に戦争が迫ってきた感じで」

「君は、さっきの話、知っていた?」

「いえ、知りませんでした。なんか碑が出来たんだなァ、くらいで」

「そう。それじゃ、少しは役に立ったかな。後でゆっくり調べてみてね」

昼食後、列車の時間を気にしながら、かれらの母校へと車を飛ばした。案内人は、かつて報国隊の一員だった建石敏子さん。伊那高女の卒業生で、細身の知的な元教師である。

正門から入った。カンカン照りの下、すぐ右側の植樹に囲まれた小高いところに、歌碑があった。一昨年に建立されたもので、まだ新しい。「鎮魂」と彫られたあとに、例の一首が刻んである。すでに紹介はしたものの、実際の碑を目の前にして、新たな感慨が胸にきた。

裏面に回ってみる。かなり長文の由来が記されていた。

「……生き残った私たちは、この事実を決して忘れることはない。戦争によって学徒が、学問する権利を奪われ、死んでいった悲しみを再び繰り返すことのないよう、後世に伝えたい」とある。

建石さんら三三回生が中心になって、日《ひ》の目をみた慰霊碑だが、よくぞ作ってくれたものと頭が下がる。後世に伝えたいとあるが、特に同校の生徒たちが、戦争で一命を奪われた先輩に人間的な思いと想像力を寄せてくれれば、これからの平和の力と結び合うにちがいないと思う。

その日その時の校長先生らの勇気ある決断には、保護者からの強い要請もあったらしいが、詳しいことを知りたいものである。

八月一六日、例年にない猛暑で、手で触れた石碑は、じりっとするほど熱かった。

やだねったらやだね

夕方近く、郵便局まで行く途中で、近所の顔見知りの女の子に会った。中学生になったばかりである。通りの角で大きな犬の紐を引っぱって、シーとかコラとかいって、悪戦苦闘中だ。

「どうしたの?」と聞くと、

「おじさんね、この犬ったら、ここから先は行かないっていうの」

「犬がそう言ったのかい」

「へへへ……。言ったわけじゃないけど、行きたくないって、ほら、がんばっちゃってるの」

今はやりの大型犬で、顔はおとなしそうだが、いくら紐を引いても四つ足で踏んばっている。

「そりゃ犬だって、行きたくないところがあるんじゃないかな。たとえば、この先で何かいやな思いをしたとか」

「そうかなあ。この頃、急にこうなったの。ヘンな話」

「犬も幼いうちはともかく、大きくなると自我が強くなるんだよ。ほら、氷川きよしの歌にもあったじゃないか。ええと……」

「やだねったらやだね、かな」

私は笑って通り過ぎたが、その後、あの犬がどうなったのかは知らない。犬だって飼主の言いなりはいやだと、がんとして意志表示をするのに、安倍首相はテロ特措法を巡り、米大統領の期待に応えられそうもないと、あっさり辞任。過去の人となった。年金、医療、格差是正など課題が山積していたというのに。

臨時国会の焦点は、一一月一日で期限切れとなる「テロ対策特別措置法」の延長問題だ。

この法律は、〇一年の九・一一テロの報復として、アメリカが始めた一方的な戦争に、自衛隊を海外派兵させるためのもの。同法にもとづき、海上自衛隊がインド洋に派遣され、米軍を始めとする多国籍軍へ給油などの無償支援を続けてきた。

これまでの六年間に、海上自衛隊による燃料補給は約八〇〇回、四八万キロリットルで、その直接経費は約二二〇億円、総額は七二〇億円。これだけ多額の税金を投入しておきながら、その内訳は「作戦内容」になるとして、政府は公表を拒んでいる。


イラク戦争から四年。米軍戦死者は四〇〇〇人を超え、イラクは泥沼化しているが、アフガニスタンもまた、民間人を巻きこんだ自爆テロが増えている。戦火の犠牲は、テロリストと称されたタリバンではなく、一般市民だったのだ。歯には歯を目には目をで、報復の連鎖はエスカレートし、無知と絶望から、子どもまでが武器を取るようになったという。

文字通り火に油を注ぐことになる米軍への補給・兵たんへの加担と協力は、「人道復興支援」どころか、軍事侵攻につながる憲法違反の活動ではないか。

広島・長崎の核被害を体験し、東京大空襲で一夜にして一〇万人もの生命を奪われた日本には、武力によらない国際貢献があるはずだ。日本が行くべきは、国際平和貢献の道である。

この法律の延長を否決できれば、自衛隊の派遣にストップをかけることができる。先の参議院選挙で多数を占めた民主党が反対を表明しているが、どこまでがんばれるかは、もっぱら国民世論にかかっている。

アメリカの言いなりは、もうほどほどにしてもらいたい。そして、自衛隊さん早くお帰りなさい、の一声を国会へ。民間人を戦禍の巻きぞえにする道はまっぴらごめんで、あのワン公に見習って、少し踏んばりたいものである。

「やだねったらやだね」と。

税金の行方と投票率と

今となっては、パソコンで打つ人がほとんどだが、私は手紙も原稿もすべて手書きである。机上には下書き用の４Ｂと、清書用の３Ｂの鉛筆のほか、消しゴムとハサミ、糊に文鎮と三冊の辞書がある。

「時代遅れですよ。わが社にはそんな人はいませんよ」

ある日やってきた某新聞の記者が、呆れ顔でいったことがある。

「そうかもしれません。でも、いつの日か死んだあと、記念館ができたとして、直筆の原稿がないと困るでしょう」

「ハッハハ……、大作家の原稿がよく高値で出ますが、生原稿に決まっています。早乙女文学館、いいですねえ」

「夢を見るのも、悪くはありませんよ」

私も笑ったが、長いこと鉛筆を手にしてきたせいか、文章は書くことによって、思いが深まるような気がする。書きながら考え、考えながら書くで、消しゴムを使ったり、直しだらけの部分を貼りつけたりしながら、今回も『人魚姫と風車の町で』の一冊をまとめた。


その内容は、国際的な調査で「幸福度世界一」とされる北欧デンマーク事情だが、この小国が高水準の社会福祉国であることは、よく知られている。夏と冬と二度も取材したが、高福祉を支えるのは高負担で、所得税は約五〇％に消費税が二五％である。

これを知った時には仰天したものだが、次に生じた疑問は、国民の不平不満はないのか。不払いや滞納者はいないのか。重税をきらう若い人が国外へ流出しないかの懸念だった。何人かの市民との交流会の席上、このことを問いかけてみると、皆さんはあっけにとられた表情だった。

それが当然という認識なのだろうが、

「だって教育も医療も無料だし……」

「いずれは自分に戻ってくるから」

「まあ、貯金と同じかな」

と、口々に答えるのに拍子抜けした。もちろん海外へ出る者もいないではないが、やはりこの国が住みやすいと気づいて戻ってくる、とのこと。

4Bの鉛筆で、書き進めながら考えた。国民は税金を使う政府の動きを注目していて、どう使われるかのチェックが、よく効いているのではないか。世界一高い税金を納める以上、無関心ではいられない。したがって国政選挙の投票率は非常に高くて、九〇%平均である。

ひるがえって、日本のことを考えると、私たちの税金の使途はよくわからない。いい加減な年金記録もさることながら、政治とカネにまつわる汚職は絶えることとなく、税金は「取られ損」意識が、政治に対する無気力・無関心に連動しているのではないのか。

選挙の投票率は、デンマークとは比べようもなく、九〇年代からは五〇〜六〇%で、〇七年八月に行われた埼玉県知事選挙では、なんと二八%。有権者の七割余が棄権してしまった。税金を納めていながら、その税金の行方や、平和と民主主義については、〝なるようになれ〟で、主権者たる権利を放棄したことになる。

「ああ、もったいない」と溜息が出る。

国際的な調査で、住みやすい国の一位はデンマークだったが、日本が九〇位という大きな開きは、民主主義の成熟度と無関係ではないような気がする。

無関心とあきらめは、平和に逆行する。一冊の本を書きながら考えたことである。

B29の元兵士がセンターへ

先頃、私たちの戦災資料センターに、アメリカからの珍客がやってきた。

ハップ・ハロラン氏は、B29の元捕虜飛行兵で八五歳。あるテレビ局の招きできたのだが、雲をつくような大男で、笑いながら大手を広げて登場した。

ハロラン氏は、B29の航法士だった。一九四五年一月二七日、東京爆撃時に被弾。墜落する機から、パラシュートで降下した。着地するや、殺到してきた群衆から袋叩きにされ、軍のトラックで東京九段の憲兵隊司令部へ。独房に収容されて尋問が続くうちに、三月一〇日の東京大空襲となる。すさまじい熱風に留置所の屋根が炎上したが、なんとか焼死はまぬがれた。

三月末、またトラックに乗せられた。目隠しのままで着いたところは上野動物園(？)の檻で、一昼夜にわたり裸で見せしめにされたあと、大森捕虜収容所へ移される。一般の捕虜よりも劣悪な条件下を生きのびて、日本の敗戦後、病院船で帰国。戦後は精神的な後遺症に悩んだという、特異な体験者である。

私たちにとって、B29の兵士だった氏は加害者だが、三月一〇日の〝炎の夜〟を、同じ都内で体験したということでは、大空襲の被害者でもある。しかも、動物園の檻で見せしめにされたとは、なんという人権侵害の捕虜虐待か。こういう人の記録も大事かと思い、戦災資料センターの開館式には来日して、挨拶をしてもらった。五年前のことで旅費その他自分持ちで、懇親会にも参加された。

その後、ハロラン氏は、センターが民立民営だと知ってか、わが家に小切手を送ってくれるようになった。いつも二〇〇ドルで、換金の手続きが複雑なのと手数料が五〇〇〇円もかかるのに閉口したが、増築募金中に三回目の小切手がきて、B29の元捕虜兵士までが……なる見出しで、新聞に報じられた。その記事を読んだ方が、一〇〇万円を寄せてくれたりして、驚くやら感激するやら大助かりだった。

早速に、倍ほども拡大できた展示室を案内する。ハロラン氏は熱心に見てくれて、特に三月一〇日の死体るいるいのパネルの前では、「哀悼の意を表したい」と、神妙な表情でいった。ところが、二階の会議室で、私が解説した一五分の映像「東京が燃えた日」を見終えたとたん、きっとした顔付きで、あらたまった口調になった。

「今の映像には批判がある。子どもたちに反米感情をうえつける。もっと客観的であるべきではないのか」

私はうろたえた。同じ〝炎の夜〟を生きのびた人なら、わかってもらえるとばかり思ったが、うーん、甘かったか。

「B29の兵士としての立場はわかります。でも、無差別爆撃を受けた側の、立場があります。もちろん戦争を始めた責任は日本にあるけれど、一夜にして一〇万人もの人びとが死んだのですよ。それは客観的な事実なんです」

「……」

ハロラン氏は沈黙したが、通訳を入れての会話はなんとももどかしい。

上空からボタン一つで投弾できる兵士たちには、爆撃の下の人びとは見えず、悲鳴や絶叫や唸きも聞こえない。やられた側の痛みは、やったほうには容易に通じないのを痛感した。

同じことは、かつての日本軍国主義による侵略や植民地支配にも、いえるのではないか。南京大虐殺に従軍慰安婦、沖縄の集団自決などなど、被害者の痛苦への人間的想像力に、不足はないかどうか、考えてみたいと思う。ハロラン氏とは、おたがいに笑顔で握手をして別れた。

第四章

元気の出てくる話

講演の感想文コピーが、税理士法人第一経理の担当者から、送られてきた。

第一経理は毎年秋に、北区の北とぴあで、顧客や関係者を主に定例一・一会を開いている。記念講演に続く分科会が八つ。その一つが私担当の特別分科会「小説家が語る憲法九条──いのちと平和のバトンを明日に」だった。

その日一一月五日は、快晴に恵まれたショッピング日和で、一体どれほど集まるのかなと心配したが、私の分科会は大盛況で、立教、駒沢大の学生たちを含めて一〇〇人近く。話の前にビデオ「軍隊をすてた国コスタリカ」の予告編を写し、世界に非武装国が二七もあると説明してから本題に入ったのだが、ヒヤヒヤドキドキものの話は、どんなふうに受けとめられたのだろうか。特に学生たちの感想に注目したい。

「内容もさることながら、話し方に聞きほれてしまい、時間の経つのに気がつきませんでした。戦争の事実を知ることが、戦争を覚えていることが、戦争を防ぐ戦争をしないということに、つながると思いました」（F男）

「戦争の被害にあった一人ひとりが、どのように感じ、どう生きたのかを考える貴重な機会でした」（K子）

「幼いころ祖母から戦争について聞いてましたし、高校生の時には沖縄で体験者の話も聞いたのに、その時の気持ちは今では忘れてしまっています。今日、感じた気持ちを忘れずに、私も平和のために何かできることをと思います」（N子）

ああ、よかったと、思わず胸をなでおろす。たとえおだてでも聞きほれたナンテいわれると悪い気はしない。

おそらく教師に誘われてきたのにちがいないが、改めて思ったものだ。戦争体験の継承に不可欠なのは、伝え手がどんなに切実に平和を希求しているかの、ひたむきな心情ではないのか、と。

「憲法九条については、授業で学んだぐらいでしたが、今日のお話で、私たちがいかに九条に守られて、生きているかということを、感じることができました」（Y子）

「第九条のない世界というのを、初めて想像しました。私が生まれた時にはすでに九条があったので、九条のなかった時のお話は貴重だと感じました。武力で備える

からこそ、武力による戦争が近くなるのだなど、私の中で吸収するものが多かったです」（M子）

大学生になるまでに、平和憲法については、それほど学んでこなかったということだろう。第九条はあるのが当然のつもりだが、なくなった時はどうなるのか。

そのヒントとなるのは、第九条がなかった時の話だ。たとえば戦争末期の昭和一九年の秋、一二歳だった私は勤労動員で鉄工場にかり出され、野外でのトロッコ押しの重労働だった。深刻な食糧不足と連日連夜の空襲で、明日の命はわからず、「自由」「民主主義」「平和」の文字など見ることも、耳にすることもなかった。ただ「鬼畜米英・一億火の玉」で「神風」が吹くのを信じていた。そんな歴史的な事実をきちんと踏まえてこそ、第九条がぴんとくるのではないか。

「世界のすべての国が、武力による子どものケンカから、戦力不保持の大人の国になることを心から望みます」（K子）

「私たちの間では、なかなか第九条は話題になりませんが、自分自身を発信源にして、いろいろ意見を交じえてみたい」（S男）

鳩は鳩でも伝書鳩になってよね、Kさん、S君！　感想文を読みながらの安酒一合で、いつになく元気が出てきた。

一冊の本と、映画「母《かあ》べえ」

何年ぶりかで、北海道を旅してきた。

三回もの講演はシンドイが、いろいろな人に会えるのが楽しい。今回は帯広の憲法集会の控室で、主催者から、「生活図画事件を知ってますか」と聞かれた。

「さあ……。あの戦争中の弾圧事件じゃないですか。子どもたちに、生活を書き綴らせた教師たちが、検挙されましたね」

「図画もやられたのです。悪名高い治安維持法で。そのひどい体験をまとめられた松本さんが、会場へきます。一冊を差し上げたいんだそうですよ」

それはそれはと恐縮したが、お目にかかった松本五郎さんは元美術教師で、おだやかそうな方だった。八七歳。とてもそんなお年には見えない。寄贈本『自画像——松本五郎の足跡』は、宿に戻ってから開いたが、読み出したら時間を忘れてしまった。

太平洋戦争開始の昭和一六年に、旭川師範学校の在学生だった松本さんは、何人かの級友とともに一斉検挙される。生活をみつめ、ありのままに描いた絵が、「国体を変革するための啓蒙活動」とデッチ上げられ、特高（特別高等警察）の恫喝的取り調べから刑務所へ。しかし、真剣に生きようとしていただけで、何も身に覚えはない。

ほんの数日で帰れるはずのものが、人間扱いにされぬままの獄中生活は、一年三ヵ月も続く。冬は氷点下三〇度もの独房で、同じ獄中に級友たちがいることだけを励みに耐えた日々が、よく書けている。やっと釈放された時には、近隣から「非国民」の中傷で、学校は退学処分のうえ、召集令状で軍隊へ。

当時描いた作品はみな没収されたが、実家の倉庫にあった「自画像」だけが残されたそうで、カラーで表紙を飾っている。学生服姿で正面を見つめた表情には、青春のひたむきさがうかがえて、真実味のあるいい絵である。その「真実」への視点が、「危険分子」にされたということか。

治安維持法ですぐ頭に浮かぶのは、作家小林多喜二の虐殺だが、当時の思想統制のすさまじさに寒気がして、眠気がふっとんだ。そして、観たばかりの映画へと、思いが及んだ。

山田洋次監督による「母べえ」は、やはり、おそろしい時代に生きた一家を、みごとに描いている。

ある朝、土足で踏みこんできた特高によって、ドイツ文学者の夫が、逮捕状もなしに縄をかけられて連行される。夫のいない家で、主人公「母べえ」が、二人の子と人びとの支えで、けんめいに生きぬく姿を、吉永小百合さんが凛と演じている。母はやさしく強く、そして美しく、人間性を踏みつぶす戦争への怒りが、静かだが強いメッセージになっている。これを観たら、容易にぴんとこない憲法九条のありがたみが、せつせつと心に迫るのではないか。

思想や言論の自由が一かけらもない暗黒の、物言えぬ時代は、松本青年がいわれのない罪で獄中に呻吟していた時期だ。いただいた一冊は、著者の油彩画がカラーで何ページも収録されていて、過去の歴史から何を学び、どう考えるべきかを問いかける貴重な資料である。

「過去に触れることを、心理的に拒否してきたが、教え子たちに励まされ、書くことができた」

とは松本さんの言葉だが、この種の体験者は、大いに書き残していただきたいと思う。次世代のために。

三月のヤマをなんとか……

毎年三月ともなると、身辺が騒がしくなる。三月一〇日の東京大空襲を巡って、ことしも一つのヤマを越えられるかどうか。

一〇日前後にいくつかの集いがあるが、私どもの戦災資料センターも、語りつぐ集会を開く。年に一度だから、なんとか成功させたいと思う。

館長の役割は、一五分程度の挨拶でしかないのだが、客の接待やマスコミの対応に追われる。そればかりではない。思わぬハプニングもある。去年の例だが、満席の会場で第一部が終了して休憩に入り、さあいよいよ第二部へ。館長挨拶とゲスト講師の講演とあって、客席から舞台の袖へ行くと、スタッフ一同、顔色を失っている。

「大変です。作家の井上ひさしさんが、まだ来ていません。挨拶を少し長めにやってください」

「え？ そりゃ困ったな。連絡はとっているんでしょうね」

「ええ、とっくに家は出た、と」

「じゃ、まもなく、かもしれない。来たらすぐに紙を……」

ということで、予定通りに演壇へ。もうこうなると頭の中は真っ白で、話の内容も上《うわ》の空だ。一五分の挨拶を倍近くに引きのばしたものの、紙がこない。とにかく終えて戻ると、まだだという。といって、客をこれ以上待たせられないから、ピンチヒッターでメインの講演をやれとのこと。

そりゃないよと言いたいところだが、代役は館長しかいないとなると、逃げるわけにはいかない。パニック状態で、ふたたび演壇へ。気もそぞろで一〇分ほども話したところで、

2007年3月、増築後の東京大空襲・戦災資料センター

「いま来ました。ＯＫ」

と、紙がきた。

やれやれと袖に戻ると、井上さんがあの笑顔で、右手を差しのべてきた。その顔を見たとたんに、ほっと一息。腰が抜けそうになった。身の縮む思いとはこのことで、ことしはまさかそんなことはないだろうが、集いのほかの企画もあって、無事に一ヤマ越えるのは冷汗ものである。

しかし、三月一〇日前後は、マスコミも好意的に受けとめてくれるのだから、都民の惨禍を精一杯訴えなければと思う。それが「炎の夜」を生きのびた者の使命であり、民営のセンターをさらに広め、協力者をつのる機会でもある。


この日この時にすべり込みで、個人的な新刊をまとめた。『初心・そして……』（草の根出版会）は、私の平和を探してきたエッセー集である。出版社側でつけた帯には、こんな一文が書かれている。

「東京空襲を記録する会の推進者、あるいは空襲の体験の語り部などで知られる作家の随筆、講演記録を収録。体験から導かれた平和の求道者として内外の現場と主要人物を取材し、その真実をわかりやすい文章でまとめられた……」

それはそうかもしれぬが、一般的には平和はあって当然だから、「求道者」もピンとくるはずがない。平和は、失ってからそのありがたみがわかろうというもので、健康とか親とかと同じだろう。親はとっくに亡くなり、健康が危ぶまれる年齢になると、あたりまえだった日々が、どんなに大事だったかが痛感される。かくいう私も、この三月末で七六歳。若いつもりでも、健康を保持していくためには、憲法第一二条ではないが、「不断の努力」が必要とされる。平和は平和の時にしか守れないのだ。そんな思いをこめた一冊だったが、ある人から、

センター内の戦時下学校教育の一室

「うぶ心って、なんですか?」

ときかれて、ぎょっとなった。

活字離れの時代だが、私の〝初心〟本も、手にしてもらえたらと思う。

残されたのはガマ口の口金《くちがね》

○八年三月は、東京大空襲を語り継ぐうえで、新しい動きがあった。

その一例を上げるなら、テレビがドラマ構成で、長時間特別番組をやったことだろう。三月一〇日夜放送のＴＢＳは、ドキュメンタリーも加えての力作だったが、視聴率一六・七％のヒットだった。一％を約百万人とすれば、一七〇〇万人近くが観たことになる。続いて日本テレビが、二夜連続で放送した。

私どもは、どちらの局にも協力したが、企画段階の調査から資料提供まで、これまでの実績があればこそで、センターの今後の維持運営にもはずみがついた。それやこれやのせいか、未知なる方からの電話もあれば、声もかけられる。川崎で開かれたある集いでは、八十年配の女性から、三月一〇日に妹が死にましてね、と告げられた。

「どこで、亡くなりましたか」

「旧本所区です。電話交換手をしてまして、二〇歳でした」

「電話？　もしかして墨田電話局では？」

「はい、その通りです。名前ですか、増田正子と申します」

私は息を呑んだ。とたんに、あの日あの時に引き戻された気がした。

一〇万人が死んだ夜の、墨田電話局の悲劇なら少しは知っている。今とちがって、当時は電話のある家は少なく、しかも電話局は軍関係の重要拠点だった。二〇歳前後の女性交換手が二四時間体制で勤務していたが、通信戦士として、爆撃から逃れることは禁じられていた。

「ブレスト」という送話器を「死んでもはずすな」が合言葉だった。

なだれのような猛火と、焼夷弾の集中直撃を受けた局舎は火焔が渦巻き、退避命令が出た時はすでに遅く、交換手二八名と、男性職員三名が焼死した。

彼女たちは、一室で黒焦げに炭化していた。一〇日朝、自宅から駆けつけてきた上司の富沢きみさんは、書いている。

「骨になった遺体が、窓際に頭を向け、かばいあうように重なり合っていた。何かを訴えているように思えて、「誰か一言でいいから何か言ってよ」と叫んでしまった……」

誰が誰やら、何もかも燃えつきてしまったが、二八人と確認できたのは、残されたガマ口（金入れ）の口金だったという。その中に増田正子さんのも含まれる。

「女学校を中退させてまで、電話局の試験を受けさせた私が悪かったのです。ええ、今でも悔いが残りますね」

と、その女性は涙ぐんだが、私は返す言葉もなく、うなずいただけだった。

現在、旧墨田電話局跡は、ＮＴＴ石原ビルとなり、関連会社が入居している。墨田区石原四ノ三六で、ＪＲ両国駅から近い。入口右側の植え込みに囲まれた小さな一角に、大空襲殉難者の慰霊碑があるが、訪れる人はすくなく、碑自体が永久保存される保証はない。

ひっそりとした石碑に、かつて増田さんらの上司だった故・富沢さんの言葉が刻まれている。

「平和の尊さをおろそかにしてはなりません。そして、世界の平和こそが、最大、最高の幸せにつながる事を」と。

決して泣き寝入りはすまいと、東京大空襲の遺族や被災者たちが、戦争を始めた政府の謝罪と補償を求めた集団提訴からも一年。いよいよ事実審理と証人調べのヤマ場を迎えた。増田正子さんの声なき声も、継いでいけたらと思う。

ぞっとして、ほっとする

物言えば唇寒し……とかで、このところ、「表現の自由」を巡って、いやな風が吹いてきた。

わけてもぞっとしたのは、立川自衛隊宿舎へのイラク反戦ビラまき事件で、四月一一日の最高裁判決は、弁論も開かずに有罪とした。一審は無罪、二審は逆転有罪で、被告とされた三人に、一〇～二〇万円の罰金刑が確定した。

事件のあらましを、少し振り返ってみよう。

東京・立川基地の在日米軍が横田基地に移ってから、自衛隊が使用することに反対した市民らが、七〇年代始めに「立川自衛隊監視テント村」を結成。反戦と基地反対を訴え始めた。〇四年一月、メンバーは、陸上自衛隊先遣隊のイラク出発の非常事態に、「自衛隊のイラク派兵反対！」のビラを、宿舎の新聞受けにポスティング（ビラ入れ）した。といっても、一般の団地と変わらぬ集合住宅だから、誰でもが自由に入れる。

二月、警視庁は、メンバーの三人が隊宿舎の通路や階段に立ち入ったとして、住居侵入容疑で逮捕。そして起訴され、三人はなんと七五日間も長期勾留されることになる。

住居侵入罪というが、室内まで踏み込んだわけでもないのに、「住民の私生活の平穏を侵害した」とされた。わが家のポストには、すしにピザに不動産など、絶え間なしに商業ビラが入っている。新聞の折り込みまで加えたら、大変な物量で、反戦ビラだけが標的にされたのはあきらかだ。

三人のうちの一人は女性だったが、手錠と腰ベルトで拘束され、椅子の背もたれに縛られたまま、恫喝的な取り調べが、一日に六～八時間も。戦時中の治安維持法ではあるまいし、国民主権の憲法下に信じがたい人権侵害である。黙秘を通した彼女は、障害者の介助と音楽活動を続けているが、四年前を振り返っていう。

「保釈の際に、集まった人たちに挨拶しようとしたら、声が出なくなっていて、驚きました。雑居房での会話はひそひそ声で、普通にしゃべれば怒鳴られ、独居ではだんまりで、声の出ない喉になっていました。それと光がまぶしくって、ネオンですら目に痛かった…。外部から完全に遮断され、社会的に適応できなくさせられたんですね。季節は冬から初夏になっていました」

「うーん、聞けば聞くほど、ひどい話ですね。ビラ配布は表現の自由だけでなくて、国民の知る権利とも関係していますよね。で、これからどうしますか」

「ここで、しょんぼりしたらオシマイです。判決を認めない世論を起こしていくことだと思います。ビラまきは当り前のことなんですから、当り前のこととして、訴えていきます」

立川だけではない。ビラ配布などの言論活動によって、逮捕される例が各地で相次いでおり、それぞれの裁判がヤマ場を迎えている。

改憲の動きと弾圧は、手をつないでやってくる。平和活動に対する新たな口封じではないかと、暗然たる思いでいるうち、四月一七日、イラク派兵差止の集団訴訟に対して、画期的な判決が出た。

すなわち名古屋高裁が、米兵などを輸送する「航空自衛隊の空輸活動は憲法違反」と、明確な判断を示したのである。「平和的生存権は憲法上の法的権利」とも。溜飲が下がるとはこのことで、ほっと一息。それも憲法九条があればこそで、自衛隊の海外派兵を恒久化しようという動きに、急ブレーキがかかったといえる。

この判決をきちんと学び、広めれば、憲法九条を定着させる力になるし、そうしなければと思う。日本の司法にも、まだまだ脈があるゾ！

サイクロンと大地震で

ミャンマー（ビルマ）での大型サイクロンに、中国四川省の大地震と、地球はどうにかなってしまったのではないか。

この原稿を書いている現在、被災地では食糧や飲料水の不足で、飢餓や疫病などの二次災害の懸念が高まっているという。私はどちらの都市にも行ったことがある。

バンコク経由で、ミャンマーの首都ヤンゴンへ飛んだのは一昔前のことだった。空港での入国審査後に、一人三〇〇米ドルの兌換券への両替が義務づけられている。しかも手数料は二ドルだ。

この国へきたからにはそのくらいは使っていけ、というわけだ。ずいぶん厚かましい国だと思いながら、入国申請書の職業らんに〝WRITER〟としたのが、新聞記者ととられて一騒動になった。そのどさくさに、同行の一人がバッグの置き引きにあった。いやはやである。

最高気温が四〇度近くにもなるという市内は、大ホテル建設ラッシュで、走っている乗用車はマツダ、バスはヒノが大半だった。マーケットの電気製品や薬品なども日本製が多く、日本企業の進出は相当なものである。

通りから横町に入ると、遊んでいる子どもたちは、すりきれたシャツにパンツ一枚。裸足で、弟や妹をしょったり抱いたり。クリクリ目に白い歯をむき出しにして、人なつっこい笑顔だ。でもよく見ると、すり傷が膿んでいたり、前歯が欠けていた

ヤンゴンの路地裏の子どもたち

り、湿疹があったりで痛ましかった。

学校に行けない貧困家庭の子どもたちは、寺子屋式の僧院で学ぶ。孤児院も兼ねた僧院を訪ねたが、二階建ての隙間だらけの掘っ立て小屋で、地域のボランティアセンターそのものだった。日本からの巨額のODA（政府開発援助）は、どこへ行ってしまったのか。軍事政権の思うがままで、底辺まではきていない、と思わざるを得なかった。あの子どもたちは、どうなったことだろう。

それよりまた一昔前の八八年暮に、上海経由で成都へ飛んだ。かの有名な『三国志』の舞台で、パンダが群がる動物園と、北西の都江堰《とこうえん》（今回の震源地）の水利施設が、観光の目玉である。二千年余も前に作られた治水事業は一見の価値があったが、山奥から流れる激流に目がくらんだ。

次いで、列車で重慶へと移動した。たまたま元旦着ということもあったが、何より人出のものすごさに仰天した。繁華街は歩くに歩けない。当時の人口は市内三〇〇万人に郊外一〇〇〇万人余で、北京、上海を抜いて、中国一の超過密都市だ。

それまで、どこででも見てきた自転車群がないのも道理で、ここは坂と階段ばかりの町である。

歴史をふりかえれば日中戦争時の重慶は、休みなく日本軍機の無差別爆撃にさらされている。二つの河川にはさまれた坂の町では、人びとの逃げ場がなかったにちがいない。一人の男性の証言が、今も忘れられない。

「爆撃で、何度も何度もやられましたよ。また建て直してはやられるで、そのたびごとに貧しくなり、家族を抱えて路頭にさまよった。重慶に住む人たちが、みんなそんな日に遭ったのです」

押すな押すなの雑踏が目に浮かび、ざわめきがよみがえる。あの人たちはどうなったことだろう。未曾有の大惨禍に想像力も及ばないが、せめて関心を持ち続けたい。その後の報道に留意しながら、ヤンゴン、成都はどのあたりかと、まずは地図で確かめてみたら……と思う。

名前のよしあし

「あのぅ、お名前ですが、ペンネームですか」

そう聞かれることが何度もある。少々珍しい名前だからだろう。

早乙女でよく知られているのは、昔だったら市川右太衛門の当り役「旗本退屈男」

のモンドノスケで、現在だったら一六歳の女形早乙女太一だろう。時代物作家に早乙女貢先生がいて、よく間違えられる。

勝元の勝は、戦時中の男子に多くつけられたが、私のは、武士の末裔だという父の命名で、室町時代の武将細川勝元にあやかったのだという。有難迷惑な話で、少年時代は名前でもいじめにあった。

生まれつき虚弱で内気だった私は、戦闘員育成の軍国主義教育についていけず、カタツムリのように萎縮していた。成績はもちろん、ミニ軍隊並みの体育は完全なダメ子どもで、先生からも「負元」と呼ばれたものだ。おかげで威張った者や、押しつけがましい者が嫌いになり、当時からいじけた平和主義者だった。

名前のことで、思い出したことがある。二十代なかばで失業した私は、枕元に雪が積もるようなバラック住まいだった。無収入で、納税どころの話ではなかったが、ある日、区役所の税務課係員が調査にやってきた。

「早乙女さん、早乙女さん」

「はい」と答えると、

「玄関口は、どっちですか」

「玄関はそこですよ。あなたの鼻先ですよ」

「え？　だって勝手元と出ています」

蓋をつけたような出入口だったから、無理もないが、勝手元とは、よくぞ読み違えてくれたものである。

ノイローゼで働けないのです、といったら、同情してくれて、税金が免除になった。そんな時期もあった。


人並みに結婚したが、後でカミさんのいうことには、早乙女の姓が気に入ったらしい。彼女の旧姓は金子だった。

「もの心つく頃から、いやだったのよ。だって、金の子なんてぞっとするわ。あなたのところへくれば、一生死ぬまで、乙女でいられるってわけよ」

「ふうん、ほめられるのは、名前だけか。どうせ、そんなもんでしょ。ああ、離婚もできやしない」

「ハハハハ……、ふふふふ……」

「こちらは、女々《めめ》しくって、ずっと肩身のせまい思いできたっちゅうのに」

姓が三字だから、生まれた子の名前は一字にして、それも単純明快にいくことにした。長男は輝《てる》、二男は民《たみ》、続いて愛《あい》の誕生で、「輝く民の愛」となる。四人めは

「力《りき》」とでもするかと思ったが、もはや力つきた。

三人めの愛が生まれてから、なんと同姓同名の女優が、活躍するようになった。劇画「愛と誠」の映画化で登場した早乙女愛さんで、南京事件の映画にも出演。あちらこちらから、「娘さんやりましたね」といわれて、閉口した。親が親だから、そんな美人であるわけがない。娘のほうはその後、映画製作者となり、今度はルポライターになった。

出たばかりの岩波ジュニア新書『海に沈んだ対島丸《つしま》――子どもたちの沖縄戦』が、それだが、もしかしてオヤジ本よりも売れるかも……。同じ愛のつく人に、新劇の佐々木愛、永井愛、卓球の福原愛、テニスの杉山愛といった方たちが健闘中だが、もうひとふんばりを期待したいと思う。

小学生たちに猫の話

猛暑の八月は、夏休みの親子対象に「平和のお話会」といったイベントの、講師要請がいくつかきている。

来たものは拒まずで、日程が空いているかぎり受けるのだが、問題は子どもの年齢で、ある集いは主に小学生だという。中・高校生には語ったことがあるが、小学生となるとほとんど未経験で、自信がない。

「いやァ、小学生相手にセンソーの話は……。うーん、何をどう話したらいいのか」

と、電話口で悲鳴を上げるに、主催者の女性は、さわやかな声で、

「まあ、なんとかなりますよ」

「なりますかね」

「ええ、大丈夫です」

と、あっさりしたもの。自分が講師じゃないんだから、気軽な話である。そうか、なんとかなるかと思っているうちに、予定日が迫ってきた。尻に火がついた感じで考え始めた。ふっと思いついた。そうだ。子ども相手なら、猫の話はどうか、と。

下町のゼロメートル地帯のわが家は、水はけの悪いのが悩みのタネだった。ある日のこと、その床下に野良猫が住みついて、子猫を産んだ。

野良の親子は、人間になじむことなく、ニャンともいわない。夜になって人通りが絶えた頃に、床下から路地に出てくる。暗闇に白い毛糸の玉が、ぽぉんぽぉんとはずんでいるのに、ぎょっとしたが、遊んでいる子猫は四匹だとわかった。

そして、その日のことである。午後からの集中豪雨でどぶ川が溢れ、夕方頃から水が揚げてきた。横丁も路地も濁流が気味悪く流れている。窓を細目にあけて、外の様子を見ていた母が、私を呼んだ。

「かっちん、ちょっとおいで。ほら、ほら、猫が……」

床下も浸水したのだろう。野良は大粒の雨に打たれながらも、両耳をぴいんと後《うし》ろに折って、水の中を泳いでいく。首を高く持ち上げ、一匹の子猫を口にくわえて。やっとのこと、向い側に泳ぎついた。そこは空家で濡れ縁に一匹を避難させると、ふたたび泳いで戻る。残る子らを助けるためにだ。一匹を口にくわえたなら、もう一匹を背に乗せれば一度に二匹を救えるわけだが、猫にはそういう習慣はないらしい。

電気の明りに見えたが、黄色い二つの目がらんらんと光って、その必死の形相に、私は息を呑んだ。

「野良はえらいね。ああやって、子どもを助けるんだから」

母のことばに、いてもたってもいられなくなった私は、

「助けてやんなくちゃ！　子猫たちが溺れて死んじゃうよ……」

しかし、浸水した床下に入れるはずもなく、ただ手に汗を握るだけで、野良猫たちの無事を祈りたい一心だった。

このことを、ずっと前に、田島征三さんの絵入りで『猫は生きている』（理論社）にまとめたが、その後のB29による東京大空襲で、あの野良猫たちがどんな運命をたどったのかは、わからない。火中を逃げる私たちの横に、赤毛の犬がついてきたのを覚えているが、かれらに口がきけたとしたら、戦争はやめてくれよワン・ニャンというのでは……。

そんな話だったら、現代っ子にもわかってもらえるかなあ。とにかく出たとこ勝負でいくしかない。ここで疑問が一つ。現代キャットは、同様の危機に直面した時に、必死で子らを守りぬく気概がありやなしや？

ほどほどの軍事力？

「若い人のなかに、この不平等な格差社会を打開する希望は戦争だ、という声があるのを知ってますか」

ある日、あるところで問いかけられた。

「ええ、閉塞状態の、グローバル社会体制批判ですよね。でも、戦争はいけません」

「私も肯定はしませんが、戦火の絶えない現状に、ほどほどの軍事力は必要という声が多いですね」

「あのぅ、軍事力に限って、ほどほどの区切りはないんですよ。相手方より優位でなければ意味がないからです。たとえば、相手がピストルならライフルのほうが有効で、ライフルなら機関銃、機関銃ならバズーカ砲で……なんていっているうち、最後にたどりつくのは核武装です。そうして限りなくエスカレートするのが軍事力で、殺戮が日常化するから、恐ろしいのです」

と私は答えたが、ふと過去の戦争ではどうだったのかが気になった。


アジア太平洋戦争下に、国家予算に占める直接軍事費の割合だが、調べてみて驚いた。一九三一（昭和六）年の満州事変の年の三割台が、年ごとに増えていって、九割近くにもハネ上がっている。

すなわち一九四四（昭和一九）年の軍事費は、なんと八五・五％（岩波新書『昭和史』）である。租税だけではまかないきれず、各種戦時報国債券が、なかば強制的に押しつけられてきた。戦争とはなんと金がかかるものか。公債はだぶついて超インフレとなり、国民生活は極限にまで窮乏化した。

では、それほどの国家予算を投入してきた日本軍は、どれほどの兵力だったのか。諸説がある。終戦時に生存していた兵約七八九万人は厚生労働省調べ（毎日新聞・08・8・15）だが、陸・海軍省資料では陸軍五五〇万人に海軍一七〇万人で、合計七二〇万人（米国戦略爆撃調査団報告）となる。ほかに戦死・戦病死が太平洋戦争中だけで約一六〇万人。二世帯に一人が、軍隊にかり出されていたのだ。延べ九〇〇万人もの大軍だが、国民の生命を守ることはできなかった。焼夷弾や原子爆弾で約五〇万人もの市民が悶え死に、約一千万人もが住居を失った。

旧満州の在留邦人は、軍から置き去りにされて、日本人孤児たちの国への訴訟は忘れがたく、沖縄の地上戦では、県民の加害者が日本兵という例も少なくない。

現在の自衛隊は約二五万人。もしも憲法が変えられたら、自衛隊は自衛軍に変わると、自民党の新憲法草案にある。隊が軍になっても、一字違いで大したことなしという人がいるが、軍とは戦争をするための兵の武装集団で、隊は二人以上の組織と辞書に出ている。隊を軍にしたら、民主主義の「民」はつぶされるのだ。軍は政府の命令で動き、抵抗する「民」に銃口を向けることもある。

若い人は低賃金、高齢者は差別医療ときて、さらに原油高を引き金に、諸物価急騰の秋だが、消費税率の引き上げもちらほら。まあ、総選挙前はないだろうが、それ以降の保障はない。さし当り五兆円近い軍事費や、在日米軍への思いやり予算を削って、国民生活へ。○七年度の思いやり予算二一七三億円に対し、中小企業予算は一六二五億円だ。調べるほどに腹が立つ。予算はないのではない。使い方が悪いのである。

「希望は戦争」なんていう人は、私どもの戦災資料センター必見で、ぜひどうぞと申し上げたい。

戦時下の直接軍事費とその割合

年度	直接軍事費（億円）	割合（%）
12	32.8	69.0
13	59.7	76.8
14	64.7	73.4
15	79.5	72.5
16	125.0	75.7
17	188.4	77.0
18	298.3	78.5
19	735.1	85.3
20	170.9	44.8

出所　「昭和財政史Ⅳ臨時軍事費」大蔵省
昭和財政史編集室編　直接軍事費は陸海軍省費、徴兵費と臨時軍事費との合計、※諸資料を照合してわかりやすく構成した。

秋日和のポスター

秋空の下を歩いていたら、道路沿いの掲示板に、若い男女の笑顔を並べたポスターが目についた。

「平和を、仕事にする」

明るい群像のなかほどに、そんな文字があって、とっさにピースボートの案内かと思った。数日前の夕刊で、来春に出発する「地球一周平和の船旅」なる広告を見たばかりだったからだ。

でも、よくよく注目すれば、なんと自衛隊員募集のポスターだった。下段の袋に資料請求の葉書まで入っている。参考までにその一枚を抜いて、もよりの喫茶店で人を待つ間に、目を通してみた。

「あなたも、平和を守る仕事にチャレンジしてみませんか」の誘い文の下に、

◇国の防衛（我が国の平和と独立を守ります）

◇国際貢献（世界のために平和と貢献します）

◇災害派遣（くらしを守ります）

とある。

世界でも有数の軍事力の自衛隊が、「平和を守る仕事」とは、よくぞ言ったものである。災害派遣は結構だが、それなら武器はいらないはずだ。

平和と武力が両立しないのは、子どもだってわかりそうなもの。平和とは命の尊重で、戦争は命の破壊だ。片手に武器をかまえて、人道支援の握手ができようはず

がない。もしも、相手が同じく武器を手にしてきたら、撃たれるよりも先に撃てが、軍というものだろう。

国際貢献も、内実は二通りある。すなわち国際平和貢献と、国際軍事貢献である。憲法九条を道しるべとする被爆国日本の使命は、前者のはずで、あくまでも話し合いの外交でいくべきものが、アメリカの軍事力に追随している。アフガンでもイラクでも報復の連鎖で、アメリカは今や泥沼状態だ。

新テロ特措法延長で、そのアメリカにインド洋で給油を続ければ、文字通り火に油を注ぐことになる。若者たちの笑顔には、戦火で被害者になるのは誰かの想像力が、みごとに欠落している。

などと思いを巡らしていたら、待ち人がやってきた。彼は軍事方面にくわしく、その葉書をしげしげと見ていわく。

「自衛隊生徒の受付開始は一一月上旬か。ほう、もうすぐですね。これは中卒で受けられるんですよ、一五歳から。合格すれば国家公務員扱いで、月給は一五万円余、ボーナスは年に四・五ヵ月ほど。悪くはありません」

「中卒で?　戦時中の少年航空兵は憧れの的だったけれど、あれは一四歳から。この年頃をねらっているのかな」

「応募者はかなりの数で、おととし（〇六年）の倍率は一三倍ほどです。経済危機で職を奪われ寮もなく、食えなくなってくると危いですね。格差社会と貧困は、軍隊の温床になりやすいのです」

「衣食住付きで、高一で、月給一五万円か、それにボーナスも。なるほど、アメリカの軍隊は貧困層が多いというけれど、日本もやがてそうなっていくのかな」

「横須賀を母港に、アメリカの原子力空母がやってきました。原子炉二基で戦闘攻撃機は八五機。乗員は六〇〇〇人余。日本の防衛じゃなくて、侵略と干渉戦争の主力ですよ。他国の基地が首都にまである国で、独立を守りますナンテ、冗談じゃありません」

「うーん、日本はどこからか侵略されるよりも、とっくに攻めこまれているという解釈も成り立つわけか……」

一枚の葉書から、そんなやりとりになった秋日和だった。

忘れ物予防策

このところ、もの忘れが多くなった。

さあ出かけるぞと、玄関先で靴をはいたとたんに気付き、家から数歩行って、また戻ることがある。

上着や鞄を替えたりした時が要注意で、ほとんどの人が持っているケータイは、まだ未携帯だが、よく忘れるのはメガネ、ボールペン、時計、手帳、財布などのどれかだ。財布はもちろんだが、メガネなしでは何も読めないし、ボールペンなくしてはメモもとれない。懐中時計はもっぱら講演用で、終了時間を忘れてはお話にならないから、会場で主催者の腕時計借用とならざるを得ない。

そこで、いいことを思いついた。玄関先でクリスチャンが十字をきるように、背広の胸ポケットに次いで、内側のポケットを確かめ、最後にズボンポケットの懐中時計を探る。指先に触れればＯＫで安心して出発進行。自転車を飛ばして駅まできたら、トイレに行きたくなった。出がけに電話がきて、少し遅れたせいもあるが、思わずぎょっとなった。

ズボンの前チャックが開いたまま。とんだ忘れものだ。これで電車に乗ったら、一大事である。

私も七六歳。体重五〇キロの吹けば飛ぶような体だが、かつて一度も入院や手術の経験はない。このトシになると、あの世に旅立つ友人もいるから、まあ元気なほうだが、家にいると探し物ばかりで、トシ相応に疲れるようになった。ああ、昔は若かったのだが……。

先頃、夜のテレビを何気なく見ていたら、「開運なんでも鑑定団」に、九四歳の男性が出ていた。司会者が「すごい貫禄ですね」というのも道理で、長身の堂々たる体で、いかめしい顔立ちである。このお年で耳は目は、そして歩けるのか話ができるのかといった不安が先に立つが、立ち姿も会話のやりとりも、まあまあだった。

「若さの秘訣はなんですか?」

の問いに、ぼそりとひとこと。

「新聞だ。新聞を読んでいるでな」

ああ、そうか、社会の動きに興味と関心を持ち続けることが、老化を防ぐのだなと知ったが、その点、活字好きの私は毎朝、四種もの新聞を開いている。

ところが、最近は読めば読むほど、腹の立つことばかりだ。

「これはおかしい、これはケシカラン」

と、つい口に出る。一人でいくら息巻いてみたところで、隣家のおばさんの耳にも入らないのは事実だが、でも、たとえつぶやきでも、自分の意志を確認することはできる。この社会にあって、自分なりの意志をその都度確かめていくことは、社会人たる社会的感性の鈍磨を、少しはふせいでくれるのではないか。


青臭い、といわれるかもしれない。

念のため、青臭いを辞書で引いてみると、「青草を切ったときのようなにおいがする」「未熟だ」と出ている。未熟でいい。青草を切った時のような初心に返って、いよいよ青臭く、スジを通す者もいなくてはいけない。年齢に関係なしに大事なことではないかと思う。

これはおかしい、これはケシカランの声を、飲みこんでしまってはならないのだ。忘れ物予防も、昔の国鉄職員のように、玄関先で指さし声出しで、確認するのはどんなものか。

「メガネよし！」

「財布よし！」

「時計よし！」

「前チャックよし！」

そして、

「憲法九条よし！」とでも。……

エピローグ

いま伝えたいこと
――日野原重明先生に聞く

つい先頃、築地の聖路加国際病院を訪ねて、理事長の日野原重明先生から、お話をうかがってきました。

テーマは「戦時中のこと、そしていま伝えたいこと」で、お話を映像で収録すべく、その種の仕事をしている娘・愛と、カメラの彼氏と共にです。

私どもの「東京大空襲・戦災資料センター」は、毎年三月一〇日前に記念集会を開いてきましたが、空襲体験のある講師はいつも悩みのタネで、著名な方はすでに他界し現存する方は少なく、しかも高齢です。日野原先生をぜひという声に、館長名でラブレターのような手紙を出すのですが、去年も〇九年もあいにくと学会で、のご返事でした。

それならば映像出演でと、再度お願いしたところ、ＯＫになったというわけです。

理事長室には、すでに先客がいて、私たちの後も来客だそうで、まことに貴重な一時間ですが、先生はなんと九七歳。現役で診察も往診もすれば、講演や執筆活動に取材の対応など、超多忙な日々です。

「お元気そうですね。お目にかかれてうれしいです」

おだやかな笑顔で迎えてくださった先生に、ほとんどの方は、その元気の秘訣から入るのでしょうが、時間が気になる私は単刀直入です。戦時中にこの病院は名前を変えられたのですね、と。

「そう、キリストの弟子の聖ルカにちなんでの由来でしたが、大東亜中央病院とね。おまけに塔の上の十字架もはずされました。アメリカの宣教医師が創設したということで、軍部から白い目で見られ、空襲になると避難民や負傷者がどっとばかりに。ここなら爆撃されないだろう、とね」

「東京大空襲の時は、いかがでしたか」

「そりゃ、いっときに大変なものでした。みんな治療を求めて集まってきて、受け入れ体制は必死でしたよ。廊下にまでベニヤ板を並べて収容したものの、傷ついたり火傷したりした人の、薬がない。水で洗うのがいいんだが、その水も不足でね。

仕方ないから新聞紙を燃やして、その黒い灰で、じゅくじゅくの分泌物を吸収させる。まったくどうしようもなかった……」

「治療費はどうしましたか」

「いやいや、名前もわからず、カルテもなしで、死者はありあわせの柩に入れて、処理班がどこかへ運んでいきましたよ。この世のものとは思えないほど、悲惨でした」

「先生は、おいくつでしたか」

「三三歳かな、内科医でした。医師として悲しく、やりきれなかったですね。助けられないんだから」

「集まってきた負傷者は、何人くらい……」

日野原重明先生と（2008年12月９日）　撮影：照屋真治

「病院史によれば、外来にきた負傷者はおよそ一〇〇〇名余、火傷のため激痛ははげしく、入院治療を要する者一五〇名。医師、看護婦の献身的看護は日夜、休養をとる間もなく続けられた、と出ています。薬ばかりでなく、何もかもが極端に欠乏していました。食べるものも着るものも」

先生は、病院史の東京大空襲時のコピーを提供してくれて、言葉を続けました。

昨日は一二月八日、太平洋戦争開始日だが、開いた新聞に日本が犯した戦争の記事がなかったのは、どうかしている、と。戦争の悲劇を身をもって体験した七五歳以上の老人が、今こそ戦禍を語りつぎ、平和への思いを若い世代に伝えるべく、「新老人」運動を提唱中だそうです。

「この世界には、いろんな人がいる。皮膚の色や言葉は違っても、みんな赤い血が流れている。いのちは尊いものです。どんな理由があっても戦争は避けなければなりません。再び軍備を持てる憲法に変えるなどとは、もってのほかです。いのちをあずかる医師や看護師が、憲法九条を守る運動の先頭に立たなければ……」

そう語る先生は忙しく、いつも四時間の睡眠で、今朝はやっと二時間眠っただけだそうです。しかも十年先の予定まであるとの話に驚き、大いに励まされました。

人間は目的があれば、がんばれるのだ、と。

「新老人」の一人にちがいない私は、男性の平均寿命七九歳に三年ほどかと、心細くなっていましたが、先生のおトシまででもあと二十年余。まだまだ…です。

そう思えば、にわかに目の前が明るくなり、生きぬくパワーをいただいたような気がしました。まだまだなら、空襲被災者の「一分」は、一寸の虫にもの「五分」にまで、引き上げるべきかもしれません。

＊

本書は、プロローグとエピローグを除いて、税理士法人の会社第一経理の月刊「第一経理ニュース」に連載されたエッセーです。二〇〇四年一二月号から始まって、当初は一年のつもりでしたが、〇八年一二月号まで四年余も続きました。

この四年間に、日本の政治は右へ右へとハンドルをきって、教育基本法が改定され、防衛庁が防衛省となって自衛隊の専守防衛ワクがはずされ、改憲手続き国民投票法がバタバタの強行成立。右旋回の車に急ブレーキがかかったのが、〇七年夏の参議院選挙でした。平和憲法を失っては取りかえしがつかぬの世論で、風向きが変わったのです。

一方、個人的には、館長役をおおせつかっている戦災資料センターの増築募金が、気がかりでした。この経済危機の折からどうなることかと冷汗ものでしたが、皆さんのご支援で目標を達成、リニューアルオープンすることができました。先はまだ大変ですが、とにかく一区切りでステップができたのです。

本書のエッセーは、一回が三枚ほどですから、多くのことは書けませんが、時には笑いを、時にはほろりと、あるいは山椒のようにぴりりとで、なんとか四年余を持ちこたえ、一冊にまとめられることになりました。

第一経理の阿部國博先生ほか、馬場正善、熊倉博、宮野義則氏らのみなさん、そして本の泉社の比留川洋氏、鳥居晴子さんに、大変お世話になりました。表紙絵は渡辺皓司氏で、渡辺画伯の説明によれば、画面右側は「火」、左側は「希望」、中央の子どもは焼死への鎮魂だそうでして、暗くならずに盛りだくさんです。カットは二男の早乙女民で、ご苦労様でした。

大空襲訴訟の弁護団長中山武敏先生、そして日野原重明先生、ますますお元気でご活躍のほどを……

二〇〇九年一月　　著者

● 早乙女勝元（さおとめ・かつもと）

1932年生まれ。東京大空襲を12歳で経験。働きながら文学を志し、自分史「下町の故郷」が20歳で刊行される。自作の映画「戦争と青春」で、日本アカデミー賞特別賞。著書150冊余。東京大空襲を語りつぐ活動に尽力。

現在、民立民営の戦災資料センター館長。

カバー絵　渡辺 皓司
カット　早乙女 民

空襲被災者《くうしゅうひさいしゃ》の一分《いちぶん》

2009年３月10日　初版第１刷

著　者　早乙女《さおとめ》 勝元《かつもと》

発行者　比留川　洋
発行所　株式会社　本の泉社
〒113-0033　東京都文京区本郷2-25-6
電話 03-5800-8494　FAX 03-5800-5353
http://www.honnoizumi.co.jp/
印刷　株式会社 光陽メディア
製本　株式会社 難波製本
© 2009, Katsumoto SAOTOME
Printed in Japan　ISBN978-4-7807-0433-4
日本音楽著作権協会　（出）許諾第0901227-901号

※落丁本・乱丁本はお取り替えいたします。
※定価はカバーに表示してあります。